La Faute des autres

DE LA MÊME AUTEURE

Saga *L'Inconnu du presbytère*
Tome 1 : *Les temps maudits*, roman, Éditions Hurtubise, 2022.
Tome 2 : *Le jeu du hasard*, roman, Éditions Hurtubise, 2023.

Saga *Dans le secret des voûtes*
Tome 1 : *Le trésor des Augustines*, roman, Éditions Hurtubise, 2021.
Tome 2 : *Les chemins inverses*, roman, Éditions Hurtubise, 2021.
Tome 3 : *Le temps des trahisons*, roman, Éditions Hurtubise, 2022.

Saga *La Faute des autres*
Tome 1 : *Les rêves*, roman, Éditions Hurtubise, 2019.
Tome 2 : *Les réalités*, roman, Éditions Hurtubise, 2019.
Tome 3 : *Les révoltes*, roman, Éditions Hurtubise, 2020.

Saga *La Marche des nuages*
Tome 1 : *L'insoumis*, roman, Montréal, Éditions Hurtubise, 2015.
Tome 2 : *L'infidèle*, roman, Montréal, Éditions Hurtubise, 2016.
Tome 3 : *L'infâme*, roman, Éditions Hurtubise, 2018.

Lucy Maud Montgomery, Écrivaine, Éditions de l'Isatis, 2020.
Joseph-Armand Bombardier, L'inventeur, Éditions de l'Isatis, 2019.
Mary Travers, Madame Bolduc, Éditions de l'Isatis, 2018.
Jean Talon, intendant en Nouvelle-France, roman, Montréal, Éditions de l'Isatis, 2014.
Le mystère de la mare aux crapauds, roman, Gatineau, Vents d'Ouest, 2013.
La nuit des cent pas, roman, Montréal, Hurtubise, 2009.
La fille du bourreau, roman, Montréal, Hurtubise, 2008.
Chut ! Ne dis rien !, album, Montréal, ERPI, 2007.
Nuit blanche à la cabane à sucre, roman, Laval, HRW, 2007.
Lettre à Salomé, roman, Montréal, Boréal, 2007.
Le cadeau du vent, roman, Montréal, Éditions du Phoenix, 2006.
Le secret du château de la Bourdaisière, roman, Montréal, Pierre Tisseyre, 2005.
Le petit carnet rouge, roman, Montréal, Hurtubise, 2005.
Trente minutes de courage, roman, Montréal, Hurtubise, 2004.
Pour un panier de pêches, roman, Montréal, Pierre Tisseyre, 2004.
Vaco, le Moche, roman, Montréal, Pierre Tisseyre, 2003.
Les temps fourbes, roman, Montréal, Pierre Tisseyre, 2003.
Au château de Sam Lord, roman, Montréal, Hurtubise, 2003.
Le choc des rêves, roman, Montréal, Pierre Tisseyre, 2002.
Sur les traces des Caméléons, roman, Gatineau, Vents d'Ouest, 2002.
Les mirages de l'aube, roman, Montréal, Pierre Tisseyre, 2001.
La dernière nuit de l'Empress of lreland, roman, Montréal, Pierre Tisseyre, 2001.
Le secret de Marie-Victoire, roman, Montréal, Hurtubise, 2001.
Le huard au bec brisé, roman, Montréal, Pierre Tisseyre, 2000.
Le vol des chimères, roman, Montréal, Pierre Tisseyre, 2000.
La peur au coeur, roman, Montréal, Boréal, 2000.
L'orpheline de la maison Chevalier, roman, Montréal, Hurtubise, 1999.
Le moussaillon de la Grande Hermine, roman, Montréal, Hurtubise, 1998.
Les caprices du vent, roman, Montréal, Pierre Tisseyre, 1998.
Le secret du bois des Érables, roman, Laval, HRW, 1998.

Josée Ouimet

La Faute des autres

tome 3

Les révoltes

Roman historique

Hurtubise

Catalogage avant publication de Bibliothèque et Archives nationales du Québec et Bibliothèque et Archives Canada

Titre : La faute des autres / Josée Ouimet.

Noms : Ouimet, Josée, 1954- auteur. | Ouimet, Josée, 1954- Révoltes.

Collections : Classiques du roman historique d'ici.

Description : Réédition. | Mention de collection : Classiques du roman historique d'ici | Sommaire : tome 3. Les révoltes.

Identifiants : Canadiana 20220029288 | ISBN 9782897819873 (vol. 3)

Classification : LCC PS8579.U444 F38 2023 | CDD C843/.54—dc23

Les Éditions Hurtubise bénéficient du soutien financier du gouvernement du Québec par l'entremise du programme de crédit d'impôt pour l'édition de livres et de la Société de développement des entreprises culturelles du Québec (SODEC). L'éditeur remercie également le Conseil des arts du Canada de l'aide accordée à son programme de publication.

Financé par le gouvernement du Canada | Canada

Graphisme de la couverture et mise en pages : Sabrina Soto
Illustration de la couverture : Luc Normandin
Maquette intérieure : Andréa Joseph [pagexpress@icloud.com]

ISBN 978-2-89781-987-3 (version imprimée)
ISBN 978-2-89781-628-5 (version numérique PDF)
ISBN 978-2-89781-629-2 (version numérique ePub)

Dépôt légal : 2e trimestre 2023
Bibliothèque et Archives nationales du Québec
Bibliothèque et Archives Canada

Diffusion-distribution au Canada :
Distribution HMH
1815, avenue De Lorimier
Montréal (Québec) H2K 3W6
www.distributionhmh.com

Diffusion-distribution en Europe :
Librairie du Québec/DNM
30, rue Gay-Lussac
75005 Paris FRANCE
www.librairieduquebec.fr

Imprimé au Canada
www.editionshurtubise.com

L'amour le plus discret laisse par
quelques marques échapper son secret.
Jean Racine

Chapitre 1

La vision

L'après-midi s'achevait sur une journée inondée d'une chaude lumière d'été. Les jours s'allongeaient, torrides.

Ross Miles enfourcha la bicyclette qu'il avait empruntée à un ami sculpteur nouvellement installé dans une maison centenaire non loin du Moulin des Arts d'Homer Dufresne. Sur l'invitation de ce dernier, Ross Miles était revenu, après presque cinq ans d'absence, y donner des cours de peinture.

Il s'était éloigné sans regrets de sa Virginie natale où sa femme demeurait en permanence, préférant ses activités caritatives et bourgeoises aux voyages. Eleonore s'était d'ailleurs mise dans la tête d'adopter un enfant et Ross ne savait plus comment lui faire entendre raison.

— Nous sommes beaucoup trop vieux, avait-il tenté, un soir qu'elle lui montrait des photos d'orphelins qu'un curé de la paroisse lui avait fait parvenir.

Eleonore avait remisé ses espoirs avec les photos, tout au fond d'un tiroir du buffet de la salle à manger, avant de retraiter dans sa chambre où elle avait terminé la soirée en pleurant.

Elle avait tenté à maintes reprises de convaincre son mari que la venue d'un enfant souderait leur couple qui battait de l'aile, mais Ross demeurait intraitable. Il savait trop bien qu'un enfant accaparerait totalement celle qui se sentait de plus en plus vieillissante et esseulée. À presque quarante ans, Eleonore cherchait un sens à sa vie, et ses nombreuses occupations et associations ne comblaient pas le vide qui s'installait en elle. Ce vide se creusait aussi entre elle et son mari qui se retirait de plus en plus souvent dans son atelier.

Ross, il est vrai, trouvait dans l'art un refuge, mais aussi une source à laquelle il s'abreuvait quotidiennement. Il était seul à son chevalet, imaginant une certaine femme assise devant lui, son corsage beige parsemé d'étoiles marine, ouvert sur sa poitrine. Chaque jour, du bout de son fusain, il dessinait l'ovale de son visage, la finesse de son cou, le long duquel s'étalait sa chevelure soyeuse. Chaque jour, il refaisait le tracé de ses épaules, de sa taille, de ses hanches, de ses jambes, sans jamais se lasser. Chaque jour, il déchirait l'esquisse et s'arrachait le cœur en pensant qu'il ne la reverrait jamais. Ces images, il avait pourtant tenté de les repousser hors de sa mémoire, mais hélas ! le visage d'Henriette lui revenait toujours empreint de cette expression languide qui le torturait. Elle l'obsédait. La distance géographique qui les séparait lui donnait une raison logique de ne plus espérer la voir.

Jusqu'à aujourd'hui…

*

Au-dessus de la tête de Ross Miles, des nuages galopaient sur les faîtes des arbres et la route devant lui se parsema d'ombres. Il cheminait, surveillant le contour instable de sa silhouette qui prenait des proportions tantôt gigantesques, tantôt dérisoires selon le caprice du ciel. Les piaillements des moineaux moqueurs accompagnaient sa course. Au détour d'une courbe près de laquelle s'alignaient des tiges de blés, le bourdonnement d'une cigale s'enfla. Dégagés soudain de l'opacité protectrice des arbres, les rayons du soleil le brûlèrent un moment, presque autant que l'exaspération qui le consumait. Lorsqu'il s'approcha du pont reliant les deux rives de la rivière Noire, le ciel s'obscurcit. Un frisson malsain le parcourut et il dut se faire violence pour ne pas rebrousser chemin. Il bifurqua à gauche rue Notre-Dame, s'arrêta un moment sur le plateau surplombant le barrage et reprit son souffle. Il n'osait se retourner vers la maison nichée sur le promontoire, derrière lui.

— Tu es un idiot! se reprocha-t-il. Pourquoi avoir fait tout ce trajet si c'est pour ne pas t'approcher d'elle?

Ross respira profondément. Il voulait s'abandonner à cet espoir violent, espérant débusquer en lui l'endroit où palpitait son désir si vif, si puissant. Dans la peur qui le submergeait s'ouvrait une brèche livrant passage à des sons inconnus. Son regard plongea un moment dans les remous qui allongeaient leur écume blanche jusque dans les rapides courant entre les rochers plus loin. Il ferma les yeux, respira profondément encore une fois, pressentit cette peur en maraude qui se muait en tourment depuis déjà trop d'années.

— Il faut que j'en aie le cœur net, tenta-t-il de se convaincre. Peut-être n'est-elle plus aussi belle? Peut-être mes rêves seront-ils déçus? Et si je n'éprouvais plus rien en la voyant?

La bicyclette appuyée contre sa hanche, Ross tourna la tête et rouvrit les yeux. Au bout du jardin, à demi cachée par une haie de framboisiers, une femme, penchée sur sa pioche, travaillait lentement. Il la reconnut immédiatement…

Elle portait une robe de cotonnade pâle qui dénudait ses épaules. Ses cheveux attachés en chignon laissaient apparaître la ligne de son cou sur lequel il avait posé les lèvres. La femme tira sur un plant de laitue auquel une motte de terre demeura attachée. Les racines vomirent un régiment de fourmis et Henriette le secoua vigoureusement avant de le déposer dans le panier tout près. Elle se releva prestement, essuya ses mains sur la toile usée de son tablier, ramassa d'un geste souple son chapeau de paille qu'elle avait délaissé par terre près d'elle et s'en coiffa gracieusement. Le panier rempli de légumes maintenant accroché à son bras, elle marcha vers la maison, ses hanches ondulant légèrement. Dans cette zone d'ombre et de lumière, elle lui parut plus grande, plus distante.

— C'est elle ! souffla-t-il.

Lorsqu'elle disparut à l'intérieur, Ross eut l'impression que le soleil venait de s'éteindre. Il leva la tête vers le pont d'acier du Canadien National et vit un sentier qui y montait. Il s'y rendit en vitesse, abandonna la bicyclette contre un des piliers du pont et grimpa aussi rapidement qu'il put. Quand il posa le pied au sommet de la pente, la passion qui le dévorait tentait de faire taire la voix de la raison qui, pourtant, criait dans sa tête en feu. Il se mit à courir sur les rails qui coupaient en deux champs et village.

Soulevé d'un désir depuis trop longtemps refoulé, l'homme parcourut les quelques mètres qui le séparaient du champ d'herbes hautes adjacent au jardin des Dupré. Il s'y engagea à pas de loup, le dos voûté.

Quand il fut assez près, il se coucha à plat ventre et attendit, les yeux fixés sur la porte par laquelle Henriette avait disparu.

« Tu es fou ! Si tu te fais prendre... », tenta la voix de sa conscience.

Ross la fit taire d'un juron grommelé entre ses dents quand Henriette réapparut. Le peintre se plaqua davantage contre le sol humide et chaud, sa sueur se mêlant au parfum des fleurs de trèfles qu'il écrasait sous son torse.

Un tricot à la main, Henriette s'engagea dans une allée sise entre deux talus bas, au bout de laquelle une des extrémités du terrain couvert de gazon tondu très ras était encadrée de genévriers. Sur un des côtés se serraient deux pommiers dont les branches, courbées sous les fruits presque mûrs, se rejoignaient et formaient un parasol verdoyant qui ne laissait passer que quelques rais de lumière tombant sur une couverture étendue là. Henriette s'y assit et s'empara aussitôt de son ouvrage. Des mèches de cheveux s'échappaient de son chapeau de paille.

Ross observa les doigts s'agiter, faisant danser les aiguilles dans un rythme endiablé. Il aurait voulu sentir ces doigts sur sa peau, qu'ils s'entrecroisent avec les siens. La chaleur l'enflamma et un filet de sueur glissa sur sa tempe droite.

Après un moment, Henriette délaissa son ouvrage, ôta son chapeau et s'étendit sur la couverture, abandonnée.

L'air se dilata soudain en une multitude de fragments lumineux, diminuant l'espace qui les séparait et Ross eut l'impression de s'approcher d'elle avec la rapidité d'un songe. Il la fixait, émerveillé. Il souleva doucement sa main et la tendit devant lui. Il la voyait là, sous ses doigts touchant ses cheveux, ses joues rosies de chaleur. Pareils à deux billes de verre où la lumière trouvait sa profondeur, ses yeux scintillaient de désir. Henriette bougea et Ross rabattit vivement sa main, comme s'il l'avait dérangée dans sa quiétude.

La femme se plaça sur le ventre, allongea ses jambes magnifiques, à peine brunies par le soleil. Elle éblouissait par la pureté de la courbe de ses reins creusés par la position des coudes appuyés pour soutenir le menton.

— Henriette… murmura-t-il.

Comme si son souffle avait porté son prénom jusqu'à elle, Henriette se releva brusquement et tourna la tête vers le champ où Ross cacha sa tête entre ses bras, espérant que le paravent des herbes hautes lui soit favorable. Son cœur s'arrêta de battre. Des larmes lui montèrent aux yeux tellement il était heureux de la retrouver.

Venant de la maison, les pleurs d'un enfant rompirent le silence.

Quand Ross osa enfin reporter son regard sur celle qui hantait ses nuits et ses jours, celle-ci ramassait déjà le tricot et le chapeau de paille, et courait vers l'endroit où les pleurs s'étaient mués en cris de détresse. Son ombre fragile sur le gazon l'hypnotisa et le peintre l'imagina assise sur cette pelouse, sa jupe s'étalant comme une immense marguerite blanche, sa taille entourée d'une ceinture dorée, rappelant le cœur de la fleur, les brins d'herbe dessinant autour d'elle un faisceau vert de fines lames dressées.

Cette vision éveilla en lui un sentiment si fort qu'il en frémit.

— C'est ainsi que je vais la peindre, murmura-t-il en la regardant s'engouffrer dans la maison pour la deuxième fois.

Avec mille précautions, le peintre quitta son poste d'observation. Il retrouva la bicyclette à l'endroit où il l'avait laissée et l'enfourcha sans hésiter. Il remonta la rue Notre-Dame, tourna à gauche rue Montcalm et en profita pour aller commander des tubes de peinture chez monsieur Pépin, dont la maison était située au bout de la rue, tout près des entrepôts du commerçant Benoît. Une fois sa commande passée, Ross reprit place sur sa bicyclette et fit demi-tour, empruntant cette fois la rue en sens inverse. Il longea les hangars de la conserverie de monsieur Lemay dans lesquels s'entassaient des ouvriers, des ouvrières surtout, qui trimaient du matin au soir pour équeuter les haricots et écosser les petits pois qui seraient mis en conserve.

Il dévala la pente, sans serrer les freins, oubliant la prudence, comme s'il voulait éprouver la réalité de son bonheur.

La vitesse l'enivra, tout comme le sentiment de reprendre vie.

Quelques mètres plus bas, dans le creux de la route près du pont, il freina sec, essoufflé et riant à gorge déployée. Il sentit ses muscles se décontracter et sa respiration ralentir. Il écouta les battements de son cœur et c'était la plus belle musique du monde.

Un nuage couvrit le soleil. Une pluie fine et serrée surprit celui qui avait désormais la conviction qu'il aimait encore.

Chapitre 2

La grève

— Depuis combien de temps que ça dure, cette grève ? demanda Fernand à son beau-frère Gaston qui, comme toutes les fins de semaine depuis le début du conflit au magasin Dupuis Frères, venait rendre visite à sa sœur Henriette.

— Depuis le 2 mai. Ça fait deux mois et demi déjà ! répondit Gaston.

— Tu parles ! Faut ben que ce soit une entreprise canadienne-française, en plus, qui reconnaisse pas la légitimité de la Confédération des travailleurs catholiques du Canada, répliqua vertement Fernand que cette injustice marquait au fer rouge.

— C'est exactement ce que dit Jean Marchand, le secrétaire de la CTCC. Le vrai problème vient de Roland Chagnon, le nouveau gestionnaire de la compagnie depuis deux ans. Un diplômé de l'École des hautes études commerciales de Montréal qui veut moderniser et rationaliser l'entreprise. Il veut congédier des centaines d'employés pour réussir son coup. Il n'a que ce mot à la bouche: moderniser. Tu parles!

— C'est pas correct, ça… réagit Fernand.

— T'aurais dû voir ça, à la première journée de grève, quand les syndiqués pensaient prendre l'entreprise au dépourvu et rentrer de force dans l'immeuble! Y avait déjà deux cents détectives privés à l'intérieur pour refouler tout ce monde-là. Il y avait même déjà des cadres, des employés non syndiqués, des douzaines de personnes prêtes à travailler.

— Les enfants de chienne! vociféra Fernand, sous le regard courroucé de sa femme qui n'aimait pas que l'on prononce pareils gros mots sous son toit.

Fernand baissa la tête, imité par Gaston qui cherchait son paquet de cigarettes dans la poche de sa chemise à manches courtes aux motifs colorés.

Henriette lui lança un regard noir.

— Inquiète-toi pas, je fumerai pas dans la maison, la rassura son frère.

Il but une gorgée de son thé refroidi.

— Les boss ont même prévu des autobus pour mener les employés non syndiqués de leur maison au magasin. Y paraît qu'y a un tunnel souterrain pour transporter les marchandises et les employés dans un entrepôt voisin, continua-t-il.

Gaston sortit une cigarette du paquet, la coinça entre ses lèvres, replaça le paquet dans la poche de sa chemise.

— Y sont prêts à tout ! s'indigna Fernand qui n'en croyait pas ses oreilles.

— Le pire, c'est que le deuxième jour de la grève, ils ont acheté des pages de publicité dans le *Montreal Star* et dans *La Presse* pour encourager les gens à venir acheter. Vingt pour cent de rabais, qu'ils donnaient ! À tout le monde ! T'imagines ? Sans un seul commis à payer ! Ils ont appelé ça "le libre-service"…

— Ç'a marché ? demanda Fernand, suspendu aux lèvres de son beau-frère.

— Pas vraiment. Ils ont téléphoné à chacun des employés pour les encourager à revenir au travail. Ils ont engagé des étudiants des Hautes études commerciales et ils sont même allés jusqu'à placer des haut-parleurs dans le magasin pour trouver des commis parmi les clients.

— Y savent plus quoi faire…

— Ç'a pas d'allure des batailles de même ! intervint soudain Henriette, penchée au-dessus de la petite Bernadette. Faut ben que ça finisse un moment donné.

— Ben sûr qu'on veut que ça finisse, répliqua son frère en se tournant vers elle. Mais pas à n'importe quel prix.

Henriette termina de boutonner la robe de coton rose parsemé de minuscules fleurs mauves, cadeau de Gaston, le parrain de la petite dernière qui, à sa manière, remerciait sa sœur et son beau-frère de l'accueillir si souvent chez eux.

— Regarde si elle est belle dans sa nouvelle robe ! s'exclama Henriette en changeant volontairement de sujet et en soulevant la bambine, comme on présente un trophée.

— T'es pas obligé de la gâter comme ça, déclara Fernand en tendant les bras vers celle dont la naissance avait ravi le cœur deux ans plus tôt.

— Ça m'a rien coûté… objecta Gaston. Après que les employées fâchées ont tout viré à l'envers dans le département de vêtements d'enfant et ont été sorties de force par les policiers, j'ai pris la robe qui traînait par terre et je l'ai cachée sous ma ceinture de pantalon.

— C'est du vol ! se scandalisa Henriette en écarquillant les yeux.

— Voler des riches qui font des profits sur le dos des travailleurs et des travailleuses, j'appelle pas ça du vol, moi !

Henriette jeta un regard vers son mari qu'elle savait scrupuleusement honnête, guettant sa réaction. Celui-ci, à sa grande surprise, esquissait un sourire de connivence en hochant la tête en signe d'assentiment.

C'était à n'y rien comprendre. Pourtant, si elle y avait fait attention, Henriette aurait remarqué que Fernand était beaucoup moins strict qu'au début de leur union. La révolte grondait chez ceux et celles qui comprenaient que la course aux profits enrichissait les riches sur le dos des travailleurs. Et Fernand faisait partie de ce groupe.

Fernand attrapa la petite Bernadette, déposa un baiser sur ses cheveux dorés, l'installa confortablement sur ses cuisses, se cala contre le dossier et, du bout du pied, donna l'élan à la berceuse qui se mit à osciller légèrement. Par la fenêtre ouverte derrière lui, poussé par la brise, un doux parfum de fleur pénétrait dans la pièce.

Devant le tableau du père et de l'enfant, Henriette afficha un large sourire et traversa la cuisine d'un pas nonchalant. Depuis la naissance de ce petit trésor, Fernand ne ratait jamais une occasion de la bercer. Le jour comme le soir, chaque fois qu'il le pouvait, il prenait plaisir à passer du temps avec la benjamine de la famille, au grand dam de Nicole qui avait vu sa place usurpée par la nouvelle venue.

Henriette s'affaira à l'évier, au-dessus duquel une fenêtre déversait une lumière crue qu'elle tamisa en baissant le store vénitien. Elle plongea ses mains dans l'eau savonneuse et entreprit de laver la vaisselle. Gaston fut aussitôt près d'elle, un linge à la main.

—Je peux faire ça toute seule, tu sais, lui dit Henriette.

— C'est bien la moindre des choses après un si bon repas!

— C'était juste un bouilli, s'excusa presque Henriette qui savait que son frère ne se privait pas de s'offrir des repas dans les restaurants de Montréal, où il habitait avec sa femme depuis leur mariage.

Henriette ne posa pas la question qui lui brûlait les lèvres depuis les visites de plus en plus régulières de Gaston: que devenait Germaine, la femme qu'il avait épousée pour se soustraire, comme tous les hommes de son âge, à la conscription de 1944? Pendant tout le temps où elle avait fermé la porte à ce frère à la sexualité particulière, elle ne s'était pas questionnée sur les rapports qu'il pouvait entretenir avec une femme. Aujourd'hui encore, Henriette se demandait si Germaine était au courant de la déviance de son mari.

De nature respectueuse, Henriette n'avait pas voulu percer les mystères de la vie de son frère. Pas plus qu'elle ne voulait en connaître davantage sur les relations de Rose-Aimée qui, si elle décodait les propos de Gaston, depuis la mort de son mari, vivait dans le péché avec un homme. Elle n'avait plus eu de nouvelles de Laurette, la pauvre étant trop occupée à tirer le diable par la queue et à s'occuper de son fils handicapé. Quant à Estelle, Henriette avait compris que la distance qui les séparait n'était pas seulement géographique. Les rares lettres qu'elles s'échangeaient relataient davantage leur quotidien respectif en laissant volontairement de côté les questions qui demeuraient toujours sans réponse. Qu'était devenu l'enfant ?

— Allez-vous au cinéma, de temps en temps ? demanda son frère.

Le silence gêné de ses hôtes lui confirma que ceux-ci n'allaient assurément pas voir des films bien souvent.

— On n'a pas le temps d'aller voir les vues, dit Fernand.

— Pas l'argent non plus, enchaîna Henriette en réprimant un mouvement d'impatience.

— C'est vrai aussi qu'ici, en campagne, y a pas tellement de salles de cinéma, conclut Gaston en se permettant un timide sourire.

— T'es chanceux de vivre en ville, ajouta Henriette en déposant une assiette mouillée sur le linge à vaisselle qui lui servait de tapis de comptoir.

— La ville a ses avantages, mais aussi ses inconvénients, dit Gaston.

— Comme la campagne, répliqua Fernand qui ne manquait rien de la conversation.

La petite Bernadette, qui s'était assoupie entre les bras de son père, se réveilla en geignant. Fernand la replaça plus confortablement sur ses cuisses et diminua le rythme de la berceuse.

— Je vais aller préparer son lit. Tu pourras venir la coucher pour sa sieste, déclara Henriette à l'adresse de son mari.

Ce dernier acquiesça en silence. Il détacha lentement son dos du dossier et se tint légèrement voûté. Avec mille précautions, il se leva enfin. Sur un signe discret d'Henriette, Gaston la suivit dans la chambre de la fillette.

— T'as des nouvelles d'Estelle ? s'empressa-t-elle de lui demander en l'absence de Fernand et en soulevant la couverture piquée qu'elle replia au pied du lit.

— La dernière lettre que j'ai reçue d'elle date d'au moins trois mois. Elle écrivait que son mari avait eu une promotion à l'usine et qu'elle pensait retourner y travailler.

— Elle reste pas à la maison avec sa fille ?

— Non. Lysa fréquente une maternelle privée.

— Mon Dieu que c'est jeune pour quitter la maison toute la journée ! J'aime mieux garder mes enfants avec moi le plus longtemps possible. Après, quand ils vont à l'école, ils apprennent tellement des niaiseries…

— Pas des professeurs, au moins ? s'amusa Gaston.

— Ben non ! Des autres enfants ! Pas plus tard que le mois passé, Maurice a lâché un gros sacre ! Je te dis que j'étais pas contente. Je lui ai demandé où il avait appris ça. Il m'a répondu que c'était un petit camarade qui n'arrêtait pas de dire des gros mots quand il se fâchait.

— Le petit gars apprend sûrement pas ça des voisins, commenta Gaston à voix basse.

— T'as raison, les enfants apprennent ça des parents, c'est certain ! confirma Henriette.

Gaston sortit de la chambre quelques secondes après que Fernand, sur la pointe des pieds, eut franchi la porte. Celui-ci se dirigea à pas mesurés vers le lit, déposa la fillette sur le drap blanc et la recouvrit délicatement de la courtepointe aux motifs jaunes et blancs. Henriette alla tirer les rideaux. La pénombre envahit aussitôt la pièce. Les parents quittèrent les lieux à pas de loup et Fernand referma la porte derrière lui.

Gaston s'était installé sur la galerie adjacente à la cuisine que les rayons trop chauds du soleil du midi n'atteignaient pas. Il était étendu sur une chaise longue, les jambes croisées, la cigarette allumée coincée entre l'index et le majeur. Des volutes de fumée s'échappaient de ses lèvres quand Fernand l'y rejoignit.

Contre toute attente, les deux hommes prenaient un plaisir réciproque dans ces rencontres régulières. Ils avaient appris à se connaître et Fernand appréciait la vivacité d'esprit de ce beau-frère cultivé. Gaston avait des petits yeux noirs perçants, dissimulés derrière des lunettes cerclées d'argent. Il avait fière allure, affichait un sourire poli en toutes circonstances et une assurance peu commune. Bien sûr, certaines manières, quelque peu efféminées, l'agaçaient parfois, mais Fernand tentait d'oublier l'orientation sexuelle de celui qui n'avait jamais eu de mots ou de gestes déplacés en sa présence.

Henriette se réjouissait de la visite de Gaston et de la connivence qui s'installait entre les deux hommes.

«On dirait que tout est plus amusant en été», songea-t-elle en se dirigeant vers la salle de bain.

Elle fit une toilette sommaire, replaça sa brosse à dents dans la petite pharmacie au-dessus du lavabo et referma la porte de celle-ci. Le miroir lui renvoya l'image d'une femme rangée et heureuse. Henriette remarqua cependant les pattes d'oie qui se dessinaient au coin de ses yeux, les plis soucieux sur son front, les cernes pâles mais bien présents. Elle chercha des fils blancs dans sa chevelure, mais n'en trouva pas. Elle posa ses doigts sur sa joue, tâta la souplesse de la peau, étira le cou et en estima la fermeté.

«Je n'aurais pas été choisie pour jouer dans un film américain, c'est certain…», ironisa-t-elle.

Elle entoura sa taille de ses deux mains. Après ses trois accouchements, elle avait conservé quelques livres en trop, mais pas assez pour que sa silhouette en soit alourdie. Une ombre obscurcit un moment l'éclat de ses prunelles en même temps qu'une question la tracassait…

Pourquoi, depuis quelque temps, Fernand était-il moins entreprenant ? Était-ce le diabète qui l'accablait au point de ne pas accomplir son devoir conjugal plus régulièrement ? La fatigue causée par ses longues heures de travail à la manufacture ? Les multiples réunions auxquelles il assistait toutes les semaines ? L'inquiétude face à son père vieillissant qui avait été placé dans une pension de famille ? Les économies qui ne s'empilaient pas aussi rapidement qu'il ne l'avait espéré ? La dette contractée quatre ans plus tôt à la Caisse Desjardins pour l'achat du terrain et la construction de la maison ? Les enfants grandissants et les coûts qui y étaient associés ? Ou bien avait-il simplement peur que sa femme tombe enceinte une nouvelle fois ?

« Ça doit être tout ça qui le tracasse… », s'encouragea Henriette.

L'interdiction de contraception prônée par l'Église ne servait pas les familles canadiennes-françaises qui tentaient de se tailler une place parmi les mieux nantis. Une classe moyenne s'installait peu à peu et se forgeait à coups de sacrifices et d'abnégation. Les gens du peuple prenaient leur avenir en main et travaillaient dur pour offrir à leur progéniture une vie plus aisée que celle qu'ils avaient connue. Il fallait évidemment encore et toujours se soumettre et obéir aux autorités souveraines, le gouvernement et l'Église. Mais les temps changeaient…

Deux coups discrets frappés à la porte la firent se ressaisir.

— As-tu fini ?

La voix de Fernand se faisait pressante et Henriette comprit qu'il attendait son tour. Elle se dirigea vers la porte et l'ouvrit toute grande.

— Y était temps ! souffla Fernand en s'engouffrant dans la pièce.

Il referma la porte en maugréant.

Henriette haussa les épaules, faisant fi du ton impatient de son mari, et marcha vers la galerie où fumait Gaston, bien décidée à ne pas laisser la mauvaise humeur de Fernand gâcher ce beau samedi du mois d'août.

Chapitre 3

L'initiation

La pièce n'était éclairée que par une chandelle dont la flamme vacillait sous le souffle court des cinq hommes rassemblés. Pour la première fois depuis le soir de sa propre initiation au sein de l'Ordre de Jacques-Cartier, Fernand assistait à celle d'un nouveau membre. La semi-obscurité rendait l'atmosphère lourde et chargée d'appréhension. Les membres de l'ordre secret demeuraient assis autour de la table, dans le plus grand respect du déroulement du Rituel.

— Frère trésorier, avez-vous perçu les dix dollars dus par le nouveau candidat pour l'adhésion à notre ordre ? demanda l'un des commandeurs.

— Oui.

Sans attendre, celui-ci posa devant le commandeur l'enveloppe scellée sur laquelle était écrit le nom du candidat, avant de la reprendre et d'aller la placer en lieu sûr.

— Frère cérémoniaire et frère secrétaire, veuillez aller vérifier et vous assurer des bonnes dispositions du candidat.

Les deux interpellés s'exécutèrent aussitôt et disparurent par une petite porte que Fernand savait donner sur un vestibule jouxtant la pièce principale. Le commandeur s'adressa ensuite aux membres demeurés près de lui.

— Le Rituel exige que vous gardiez votre sérieux tout au cours de ce Voyage au Pays des Ancêtres. Il est aussi interdit de fumer pendant l'initiation. De plus, quand il sera dit : "Que la lumière soit !", vous devrez répondre à l'unisson : "Et la lumière fut !" en frappant dans vos mains. Cela marquera la fin de la cérémonie.

Les membres acquiescèrent et le commandeur donna l'ordre de faire entrer le candidat.

— Mettez vos cagoules de cérémonie, ajouta-t-il avec empressement.

Les hommes s'exécutèrent. Quand la porte s'ouvrit, les têtes cagoulées se tournèrent en silence vers un inconnu aux yeux bandés qui avançait d'un pas hésitant.

On le plaça debout, devant la table.

De petite taille, avec un visage rond et rougeaud bien campé sur des épaules larges, l'homme respirait difficilement. Sur son front dégarni perlaient des gouttes de sueur. Ses doigts aux ongles propres et bien taillés s'agitaient nerveusement contre ses cuisses. Fernand remarqua qu'aucune alliance n'ornait son annulaire droit.

— C'est notre plus jeune recrue… lui avait chuchoté le curé, avant que l'étranger ne pénètre dans la salle.

Le nouveau venu avait été choisi pour ses qualités d'enseignant et de travailleur bénévole auprès des familles démunies, mais surtout parce qu'il était musicien de la Société philharmonique de Saint-Hyacinthe, fondée en 1879 par Eusèbe Brodeur, qui avait mis de l'avant la promotion de l'étude de la musique. L'ordre avait vu dans cet organisme, qui offrait aussi une salle à la population locale qui pouvait y jouer au billard, aux quilles, pratiquer la boxe, avoir accès à des livres et même parfois assister à des pièces de théâtre, un terroir fertile. C'était surtout l'endroit idéal pour tâter le pouls d'une société en manque de changements. Il lui fallait donc quelqu'un en poste pour observer et écouter, mais aussi pour mettre en place la technique du noyautage, qui consistait à recruter des membres, et celle de l'extériorisation qui visait à gagner et former des partisans qui feraient de la propagande.

La recrue toussota et porta deux doigts tremblants à ses lèvres surmontées d'une fine moustache châtain clair.

Fernand imaginait aisément la crainte qu'il pouvait ressentir. N'avait-il pas lui-même été victime de cette peur qui avait tétanisé ses membres au point d'avoir craint de s'évanouir quand une main, plaquée contre son dos, l'avait incité à avancer vers une destination inconnue ? Ce souvenir le fit frémir.

— Gardez confiance ! avait murmuré une voix qu'il n'avait su reconnaître et qui n'était nulle autre que celle de son ami Pierre Chenevert.

Jean-Paul Hade, c'était son nom, progressait maintenant à pas incertains, guidé vers l'endroit de la première épreuve, la main bienveillante du curé Vigneault dans son dos.

Fernand étouffait sous sa cagoule. Il avait chaud. Il transpirait et les montures de ses lunettes, prisonnières du tissu tendu, le blessaient un peu. Une légère humidité embuait les verres et donnait à la scène une ambiance irréelle.

Un chant aux notes discordantes s'éleva de la gorge du premier commandeur :

Isabeau s'y promène,
Le long de son jardin…

Fernand reconnut aussitôt l'air qui avait accompagné sa propre initiation quelque cinq ans auparavant. La voix du second commandeur s'unit à celle du premier. Puis ce fut au tour du curé Vigneault d'entonner cet air populaire qui revêtait pour la deuxième fois un caractère sacré. Il voulut mêler sa voix aux leurs, mais aucun son ne sortit de sa gorge nouée.

Les voix se turent enfin. Seule celle du commandeur s'éleva dans le silence revenu.

—Jean-Paul Hade, êtes-vous un catholique pratiquant ?

—Je le suis.

— Est-ce votre désir sincère de travailler, par tous les moyens légitimes, à l'avancement et au progrès des nôtres ?

— Oui.

— Promettez-vous, sur votre honneur, de ne révéler à personne les secrets de l'ordre ?

—Je le promets.

Il s'adressa ensuite aux autres membres toujours assis.

— Approchez-vous de moi.

Fernand et les trois autres membres s'exécutèrent et allèrent encadrer Jean-Paul. Le commandeur tendit la main, s'empara d'une épée que l'on avait remisée dans un coin de la pièce, et la souleva, pointe vers le haut.

— Monsieur, tenez-vous droit et ne bougez point, ordonna-t-il.

Il appliqua la lame d'acier sur la gorge de la recrue.

— Comme la pointe de ma lame torture votre chair, que l'aiguillon du remords torture votre conscience si jamais il vous venait l'idée de trahir vos frères en dévoilant les mystères de notre ordre.

Fernand écarquillait les yeux pour ne rien manquer de la cérémonie. Le silence se remplissait maintenant de bruits sourds et confus : souffles courts, frottements de tissu, cliquetis de métal.

Il aurait aimé donner son opinion sur cette initiation qui avait pris exemple chez les Chevaliers du Saint-Sacrement, organisation fondée au 18e siècle, en France. Les rituels au caractère sérieux, noble et fraternel de ces chevaliers avaient plu aux fondateurs de la Patente, qui en avaient fait une sorte de doctrine en plaçant leur idéal vers un but nationaliste.

La voix du commandeur Gendron retentit :

— Nous jurez-vous, sur votre honneur, que votre but premier en sollicitant votre admission est basé sur une opinion favorable de notre ordre et que votre désir ultime est de vous consacrer à l'avancement spirituel, moral et économique de notre groupe ethnique, sans léser les droits des autres races qui nous entourent ?

— Je le jure.

À travers la buée qui collait aux verres de ses lunettes, Fernand vit un des membres présenter un gobelet en papier à la recrue, y verser un liquide avant de le lui tendre.

— Buvez !

Après une seconde d'hésitation, la recrue porta le gobelet à ses lèvres. Sa main tremblait. La sueur collait maintenant sa chemise de coton blanc sur son torse. Fernand remarqua une minuscule fleur rouge sur le tissu immaculé, juste à la hauteur du cou où la pointe de l'épée l'avait touché.

L'homme avala d'un trait le liquide amer. Il fit la grimace et il toussa longuement, plié en deux, ses doigts crispés sur le gobelet vide. Il porta la main à son col empesé. Un haut-le-cœur souleva ses épaules tandis qu'un filet de salive s'étira de ses lèvres jusqu'au plancher.

— Vous avez bu à la coupe d'amertume. Sachez que tout n'est pas agréable au goût dans la vie et qu'il faut savoir subir les avanies que tout homme rencontre au cours de son existence. Apprenez à réprimer vos passions. Quand vous entendrez vilipender votre religion et votre nationalité, que votre âme se cuirasse et que vos sages paroles rétablissent les faits et revendiquent nos droits avec fierté et fermeté.

La cérémonie s'éternisait et Fernand retenait à grand-peine une urgente envie d'uriner. D'un geste discret, il en fit part au curé qui se tenait non loin. Ce dernier s'approcha d'un des commandeurs et lui parla à l'oreille. Fernand vit le commandeur hocher la tête sans le regarder. Le prêtre lui fit signe qu'il pouvait s'absenter.

Fernand s'esquiva en vitesse et le plus silencieusement possible. Le plancher de la vieille école où ils s'étaient rassemblés craquait à chacun de ses pas. Il se dirigea en hâte vers les toilettes, s'engouffra dans l'une des petites cabines, enleva sa cagoule d'un geste brusque et soulagea sa vessie gonflée à bloc.

Décidément, cette intronisation d'un nouveau membre ne lui plaisait pas du tout. D'autant plus qu'il avait dit à Henriette que cette réunion ne prendrait qu'une heure, tout au plus. Voilà qu'il était coincé ici pour encore une heure supplémentaire, s'il en jugeait par la lenteur des procédures.

« On n'aurait pas besoin de toutes ces simagrées, il me semble. J'aurais dû refuser de venir ce soir », soliloqua-t-il en remontant la fermeture éclair de son pantalon.

Sa foi en la mission de l'ordre s'estompait. Tout comme sa conviction que des petites gens comme lui pouvaient faire la différence.

« Un petit peuple… », songea-t-il, amer.

Combien de fois avait-il été témoin d'injustices flagrantes à son travail ? Combien de fois avait-il remarqué les larmes sur les visages défaits des femmes qui quittaient les confessionnaux ?

« On est encore menés par les riches et les curés… », pensa-t-il.

Les paroles de son père lui revinrent en mémoire :

— Si c'était pas de ta mère, ça fait longtemps que je mettrais plus les pieds à l'église. J'ai pas confiance en ces corneilles en soutane ! Tout ce qu'ils veulent, c'est nous dominer. Comme Duplessis !

Duplessis…

Le seul nom du premier ministre de la province soulevait l'ire de beaucoup d'intellectuels qui clamaient que le « Chef » gardait le peuple sous une dictature déguisée. Les jeunes et les artistes, surtout, ne voulaient plus se soumettre à ces règles de censure, dénoncées à grand renfort de manifestes.

« Il faut que les choses changent. Pour nos enfants… », se dit-il.

L'image de son fils Maurice, probablement endormi dans son lit, de Nicole dans son pyjama de flanelle vert et blanc, de Bernadette, son petit pouce bien inséré entre ses lèvres, l'émut au plus haut point.

« J'aurais dû rester à la maison ce soir », se sermonna-t-il encore.

Il imagina Henriette, étendue sur le lit, son bras replié autour de son oreiller, ses jambes étendues l'une contre l'autre, sa taille dessinant un creux entre ses hanches et sa poitrine.

« Elle aussi doit dormir à l'heure qu'il est… », soupira-t-il.

Le martèlement d'une mouche sur le miroir au-dessus du lavabo d'en face eut pour effet de le distraire un court instant. Fernand s'empressa d'actionner la chasse d'eau et quitta l'endroit. Il marcha vers le vestibule, ouvrit la porte, bien décidé à laisser une partie du rituel se dérouler sans lui. Il avait besoin d'air.

« De toute façon, je ne pourrai pas entrer pendant qu'ils officient », se convainquit-il en franchissant la porte d'entrée de l'établissement scolaire où les membres avaient décidé de se rassembler ce soir.

Dehors, l'air frais lui fit le plus grand bien. Une légère brume flottait au-dessus des parterres et des jardins où des glaïeuls, campés sur leurs hampes robustes, formaient une rangée de sentinelles multicolores. Leur immobilité créait une ambiance paisible. Un mois d'août pluvieux avait succédé rapidement aux canicules de juillet.

Fernand pesta contre l'humidité qui le transperçait. Il marcha sur l'allée gravillonnée qui menait à une statue de la Vierge Marie et autour de laquelle, pendant le mois de mai, les enfants venaient faire la ronde en priant et en chantant des cantiques. Ses pas le menèrent au pied de la dame drapée de blanc et de bleu. Machinalement, Fernand se signa et demanda à la Vierge de lui donner le courage de continuer à servir au sein de l'ordre.

— Ravivez ma foi en cette mission, implora-t-il à mi-voix. Et faites surtout que nos actions fassent une différence sur la vie de nos enfants.

Fernand leva les yeux. Tout près, les branches d'un arbre montaient vers le ciel, comme autant de bras tendus voulant toucher les étoiles qui peinaient à percer les nuages.

Submergé par la paix qui s'installait dans son âme, Fernand ne bougea pas.

Il était bien.

Chapitre 4

La demande

Il était huit heures et quart quand le téléphone sonna. Affairée à repriser un bas, Henriette courut décrocher le combiné avant que la sonnerie ne réveille les enfants qu'elle venait de mettre au lit.

— Oui, allô ?

— Henriette ? C'est moi, Gaston.

— Veux-tu ben me dire pourquoi tu m'appelles à cette heure ?

— J'ai pas pu avant. Je viens à peine de sortir d'une réunion syndicale…

— Toi aussi t'es pris dans des réunions ?

— À ce que j'entends, tu es seule à la maison…

— Comme tous les mardis soir. Mais tu m'appelles sûrement pas pour savoir si Fernand est là…

— Non, n'empêche que j'aurais bien aimé lui poser quelques questions au sujet des syndicats.

— Tu vas pas retourner en grève, au moins ?

Depuis le début de la grève chez Dupuis Frères, ce mot, Henriette l'entendait plus souvent qu'à son goût. Tous les journaux de la province faisaient état de ces grèves qui se succédaient et, avec elles, les affrontements, les échauffourées, les arrestations… toute cette violence qui allait en s'amplifiant. De son point de vue, ces conflits ne faisaient que renforcer le pouvoir des patrons sur les pauvres travailleurs. Elle avait pu le constater, dès 1949, avec les quelque 5 000 employés des mines d'amiante d'Asbestos et de Thetford Mines qui, après avoir déclenché une grève, avaient dû reprendre le travail cinq mois plus tard, pas vraiment plus avancés dans leurs revendications.

Cette grève, déclarée illégale par Maurice Duplessis lui-même, avait été matée à grand renfort de policiers provinciaux. L'Église, en la personne de l'archevêque de Montréal, Joseph Charbonneau, s'était pourtant rangée du côté des travailleurs, tout comme Pierre Trudeau, un jeune professeur de droit à l'Université de Montréal, Jean Marchand, à la tête des syndicats catholiques, et Gérard Pelletier, journaliste célèbre. Surnommés « les trois colombes », ces collaborateurs de la revue *Cité libre* s'étaient opposés ouvertement au gouvernement de Duplessis et avaient tout mis en place pour appuyer les grévistes et faire connaître leur point de vue.

Ce premier conflit avait fait comprendre aux employés qu'ils devaient manifester encore plus pour revendiquer de meilleurs salaires et de meilleures conditions de travail. Le 10 mars précédent, c'étaient 850 employés des filatures de Louiseville, en majorité des femmes, qui avaient déclenché une grève qui s'éternisait encore. Chez Dupuis Frères, où Gaston travaillait comme commis dans le rayon des vêtements pour hommes, le conflit avait heureusement été réglé récemment.

— J'espère que non ! Mais si le vote des employés est pour, je dois suivre…

— En tout cas, j'espère qu'il n'y aura pas un autre smatte, comme ce Michel Chartrand, qui va lâcher des souris blanches et des pétards pour les apeurer dans le magasin. C'était à la une de tous les journaux…

À l'évocation de cette anecdote, Gaston rit de bon cœur.

— C'était moins pire que les abeilles et les grenouilles...

— Arrête ! Ça me donne la chair de poule juste à l'imaginer ! Assez pour m'enlever l'envie d'aller magasiner chez Dupuis Frères ! coupa Henriette, horrifiée.

— De toute façon, tu viens jamais magasiner à Montréal, souligna Gaston.

Henriette encaissa le reproche et ne répondit pas.

*

Gaston avait raison. Depuis combien de temps était-elle allée en ville pour s'acheter une nouvelle robe ? Toutes les publicités dans les journaux ne faisaient que pousser à la consommation les femmes et les jeunes filles, et Henriette n'échappait pas à la règle.

Elle se rappela la dernière fois où elle avait fait le ménage de sa garde-robe. Elle y avait trouvé deux robes qu'elle portait seulement dans les grandes occasions ; une pour le temps des Fêtes et l'autre pour Pâques. L'une ou l'autre pouvait aussi se porter aux baptêmes, aux mariages ou aux anniversaires – quand elle y était invitée, bien entendu.

Henriette avait touché du bout des doigts la jupe et le chemisier qu'elle avait revêtus pour la séance à l'atelier de Ross Miles, cinq ans plus tôt. Au contact du tissu, une onde de chaleur l'avait parcourue, comme si le vêtement avait conservé les frissons de désir qui l'avaient surprise ce jour-là. Du même coup, le visage du peintre, tout près du sien, lui avait paru si réel qu'elle avait rouvert les yeux, apeurée. Elle fut surprise de sa réaction confirmée par son souffle court, les larmes au coin de ses yeux, ses mains tremblantes et crispées sur le tissu. Ce rêve qu'elle avait pourtant cru enfoui au plus profond de son âme resurgissait comme un raz-de-marée. Cet homme l'avait bel et bien ensorcelée.

«Je dois l'oublier», avait-elle tenté de se convaincre.

Henriette avait remisé les témoins de son tourment dans une malle. Elle en avait rabattu le couvercle, lentement, comme on referme un cercueil.

—Je dois l'oublier, avait-elle répété à voix haute en essuyant une larme qui s'accrochait à ses cils.

Elle pria pour que Ross Miles ne revienne jamais à Saint-Pie.

«De toute façon, il doit déjà avoir ensorcelé plusieurs autres femmes», s'était-elle encouragée avant de reprendre sa besogne.

Avec le peu de vêtements qu'elle possédait, le rangement s'était terminé en deux temps trois mouvements. Henriette avait ensuite passé en revue les cinq chemises de coton blanc de son mari, les deux complets, ainsi que les quatre pantalons de serge grise et les chemises à manches courtes qu'il portait pour le travail seulement. Après un dernier coup d'œil aux deux paires de chaussures de Fernand qu'elle avait nettoyées et cirées quelques minutes auparavant, Henriette, satisfaite, avait refermé la porte, non sans avoir lorgné vers la malle.

*

— Es-tu encore là ? interrogea Gaston.

— Oui, oui. Excuse-moi, j'étais dans la lune…

— Estelle m'a écrit. Elle veut savoir si l'enfant est encore à l'orphelinat. Parce que si c'est le cas, son mari et elle veulent l'adopter.

La nouvelle laissa Henriette sans voix pendant quelques instants.

— Comment ça, adopter ? Elle a déjà une fille ! Ça veut dire qu'elle peut en avoir d'autres, non ? reprit-elle, toujours abasourdie.

— Elle m'a pas dit pour quelles raisons mais, si j'ai bien compris, il semble que son mari préférerait adopter plutôt que de voir Estelle enceinte. Tu connais la santé fragile de notre sœur…

— Ils peuvent pas adopter aux États ?

— Elle a écrit qu'ils ont cherché des enfants américains, mais qu'y en a presque pas. C'est pour ça que les Américains viennent chercher les enfants des crèches d'ici.

— Ils les achètent, tu veux dire ! s'indigna sa sœur.

— Je vois pas pourquoi ils les achèteraient pas ! Ils ont tellement d'argent ! Si ça peut aider les orphelinats et les crèches…

— Tu as ton opinion et j'ai la mienne, interrompit Henriette, qui ne voulait pas débattre au téléphone d'un sujet sur lequel, elle ne le savait que trop, son frère et elle n'étaient pas du tout d'accord.

Elle poussa un profond soupir qui n'échappa pas à Gaston.

— Ça va, toi ?

— Ça va, ça va... Disons que les soirées sont pas mal longues quand Fernand est à ses multiples réunions.

— Toi, tu sors pas beaucoup... En tout cas, pas assez pour te changer les idées, à ce que j'entends.

— Avec les travaux ménagers, les enfants, la couture, le jardin...

— Pourquoi tu viendrais pas passer une journée à Montréal avec moi ? On pourrait aller voir si on peut trouver l'enfant d'Estelle ensemble...

— Veux-tu ben me dire ce qui lui passe par la tête, à Estelle ? Voyons donc ! Après toutes ces années, sa fille a sûrement été adoptée ! s'exaspéra Henriette.

— Une fille ? Il me semblait que c'était un garçon...

— Dans la première lettre qu'elle m'a envoyée, elle parlait d'une fille, précisa-t-elle encore.

Henriette se rappela alors la conversation qu'elles avaient eue, assises sur la balançoire au bout du terrain, lors de la dernière visite de sa sœur.

— Attends une minute... Je me rappelle maintenant qu'elle a mentionné un garçon quand elle est venue à la maison avec toi, murmura-t-elle.

— Moi je pense qu'elle doit même pas se souvenir clairement du sexe du bébé, ajouta Gaston.

— D'autant plus que les religieuses doivent pas laisser trop longtemps les bébés dans les bras des mamans…

— … faut surtout pas qu'elles s'attachent ou qu'elles changent d'avis, conclut Gaston.

Un court silence s'immisça, rempli d'images de ces femmes affligées.

— Alors ? Tu viens ou pas ? s'énerva Gaston au bout du fil.

Henriette leva les yeux au plafond.

— Vas-y tout seul. Moi j'ai pas le temps…

— Les religieuses voudront pas répondre à un homme seul, poursuivit-il, tenace. Ce serait mal vu.

— Et ta femme, elle peut pas t'accompagner ?

Ce fut au tour de Gaston de demeurer silencieux un instant.

— On vit plus ensemble. Je pensais que tu le savais, lâcha-t-il enfin.

— Je m'en doutais un peu, répondit Henriette en reprenant son calme. Tu l'as pas emmenée à la maison depuis un bon bout de temps. Tu lui as dit à propos de...

— Non, elle nous a découverts, mon ami Gérald et moi, avoua Gaston.

— Ç'a dû être un choc pour elle.

— Comme ça l'a été pour toi, la première fois, j'imagine…

Gaston se tut un long moment et Henriette respecta son malaise.

— C'est mieux comme ça ! reprit-il. De toute façon, je pense que Germaine avait déjà jeté son dévolu sur un autre homme.

— Dis-moi pas…

— Elle se sentait seule et abandonnée. Je la comprends d'être tombée amoureuse de quelqu'un qui l'aimait plus que moi.

La remarque de son frère la ramena directement à sa propre situation d'esseulée. Ne se sentait-elle pas, elle aussi, abandonnée par Fernand ? Et Ross Miles ne lui avait-il pas démontré qu'il l'aimait ?

Le ton pressé de Gaston la sortit de ses songeries maussades.

— Tu dois m'aider ! Il faut absolument que tu viennes à Montréal le plus tôt possible. J'ai du temps libre en fin de semaine. Il faut commencer par le début. Là où Estelle a accouché, chez les sœurs de la Miséricorde.

— Qu'est-ce qu'on va leur dire ? Qu'on cherche un enfant dont on ne connaît rien ? Pas même le prénom ? La couleur des cheveux ? Voyons, Gaston ! Ça marchera pas ! Les religieuses doivent être tenues au secret assurément. Elles nous diront rien.

— C'est le seul plan que j'ai pour l'instant. On sait au moins la date de la naissance. Envoye, Henriette !

On peut toujours essayer. On doit bien ça à notre petite sœur, non ? Ça fait tellement longtemps qu'elle veut le retrouver…

Henriette passa une main moite sur son front.

— T'as raison… On peut bien faire ça pour elle… Mais d'abord, je dois trouver un moyen de me rendre en ville.

— Ton beau-frère, Rosario ?

— Il conduit plus jusqu'à Montréal. Il vieillit, le pauvre…

— Le train ? L'autobus ?

— C'est cher…

— Je vais te payer ton billet.

— T'es pas obligé.

— Si ça m'assure que tu vas m'aider, c'est de l'argent bien investi.

— Qu'est-ce que je vais dire à Fernand ?

— Il sait pour Estelle ?

— Non. C'est un catholique pratiquant et il a des valeurs très strictes.

— Je comprends… En tout cas, moi je vais l'aider, parce que c'est mon devoir de grand frère. Et c'est le tien, comme grande sœur aussi. Nous sommes sa seule famille.

— Et Rose-Aimée ? Et Laurette ?

— Nos sœurs sont trop occupées pour nous lui rendre ce service, Et puis je sais même pas si elles sont au courant de l'histoire d'Estelle.

Gaston avait raison. À sa souvenance, eux seuls avaient toujours été les confidents de celle qui était elle-même devenue orpheline beaucoup trop jeune.

Henriette se sentit soudain très lasse et ferma les yeux. Cette affaire soumettait sa loyauté envers son mari à rude épreuve.

— Alors ! Tu viens ou pas ? répéta-t-il, gagné par l'impatience.

— D'accord. Je vais y aller avec toi.

— Dis-moi où je dois te rejoindre.

— À l'entrée de l'oratoire Saint-Joseph. Je dirai à Fernand que je dois aller prier pour obtenir des faveurs.

— À dix heures, ça te va ?

— Je serai là, sans fautes.

— À samedi !

Gaston raccrocha.

Henriette demeura prostrée plusieurs minutes, le combiné bourdonnant collé sur son oreille en feu.

Pour la première fois depuis sa décision d'épouser Fernand, elle avait l'impression que le destin la mettait face à une impasse. Elle ne pouvait se soustraire à cette aventure dont elle ne connaissait pas l'issue. Mais ce qui la torturait surtout, c'est qu'elle devrait mentir à son mari.

Chapitre 5

Les nantis

Quand il se décida enfin à quitter les abords de la statue, Fernand se demanda combien de temps il était demeuré prostré dans la paix des lieux. Il se hâta vers l'entrée de l'école et emprunta le petit corridor au bout duquel lui parvenaient en sourdine les chants qui conféraient à la cérémonie un caractère sacré.

Il déboutonna son veston d'un geste sec.

«J'espère que c'est bientôt terminé», se dit-il, souhaitant que ses confrères ne lui tiennent pas rigueur de son absence prolongée.

Quand il entra dans la pièce, il vit Jean-Paul la main posée sur le bras de Jacques Nadeau, un nouveau membre, marchant sur la passerelle basculante qui, si on la plaçait à l'envers, devenait une planche à obstacles formée de deux madriers de huit pieds de long sur six pouces de large, joints ensemble par des planchettes de deux pouces d'épaisseur.

Fernand se rappela la chute qui l'avait entraîné tête première sur le plancher, les toussotements gênés autour de lui, la honte qui l'avait submergé au point de vouloir arracher le tissu noir qui lui bandait les yeux. Au point de vouloir renoncer pour la première fois.

Arrivé au centre de la passerelle, sous laquelle avait été placé un billot de bois de six pouces de diamètre, Jean-Paul sentit que l'endroit où il mettait le pied basculait vers le bas. Il s'arracha à la poigne du confrère Nadeau. Ses bras battirent l'air, comme les ailes d'un moulin à vent. Tous les membres retinrent leur souffle. Fernand courut à côté de la recrue et s'empara de son bras, lui offrant ainsi soutien et assurance.

Après avoir retrouvé un équilibre précaire, comme on se jette à l'eau, Jean-Paul marcha d'un pas rapide et confiant jusqu'au bout de la planche de bois.

La voix du commandeur se fit à nouveau entendre :

— Les obstacles que vous venez de surmonter sont une image des épreuves que vous rencontrerez au cours de votre existence. Soutenu par le bras d'un frère, vous les avez franchis sans tomber. Que ceci vous soit une leçon de fraternité. Soyez pour votre frère un soutien vigilant, nonobstant le bruit grondant et les murmures qui s'élèveront à votre approche.

Le commandeur fit signe à Fernand de conduire l'initié vers la table où un bassin d'eau avait été posé.

Fernand obéit, orientant les mains de Jean-Paul vers le liquide. Comprenant ce qu'on attendait de lui, celui-ci y trempa les mains.

— Vous venez d'être purifié par l'eau…

Pendant que le commandeur lisait les paroles du rituel, le curé Vigneault indiqua à Fernand de remettre sa cagoule, chose qu'il avait complètement oublié de faire à sa sortie des toilettes. Fernand obtempéra. Les chants s'élevaient toujours, accompagnant les gestes de Jean-Paul qui, cette fois, étendit la main droite devant le commandeur qui passa la chandelle allumée sous sa paume.

— Vous avez subi la purification par le feu. Que par là s'enflamme en vous l'énergie nécessaire à la réalisation de grands desseins, et puissiez-vous ne jamais laisser s'éteindre en vous le feu d'un amour profond pour vos frères.

Le commandeur ajouta encore des recommandations, puis vint la dernière question qui mettrait fin à la cérémonie.

— Jean-Paul Hade, privé de la vue depuis assez longtemps et dans les ténèbres épaisses, que désirez-vous le plus présentement ?

— La lumière !

La réponse avait bien entendu été soufflée à l'oreille de la recrue par le cérémoniaire qui se tenait toujours à ses côtés.

— Frères, au moment propice, que cette faveur soit accordée au candidat.

Sur un signe de l'abbé Vigneault, Fernand défit le nœud du tissu qui bandait les yeux de Jean-Paul. Puis la voix du prêtre résonna dans le silence.

— Au commencement, Dieu créa le ciel et la terre, et la terre était sans forme et les ténèbres recouvraient l'abîme. Et l'esprit de Dieu souffla sur les eaux et Dieu dit: "Que la lumière soit!"

— Et la lumière fut! répondirent les membres rassemblés en faisant claquer leurs mains.

Fernand et ses confrères enlevèrent leur cagoule, révélant au nouveau membre enfin admis parmi eux leurs visages rieurs.

— Soyez le bienvenu parmi nous, dit Fernand en serrant la main et en appliquant une pression du doigt sur le poignet de Jean-Paul.

Fernand savait que celui-ci ne tarderait pas à apprendre comment il devrait donner la main aux autres membres qu'il rencontrerait, utilisant ainsi le code secret établi depuis la fondation de l'ordre.

La voix au ton solennel du commandeur Locas s'éleva dans la petite pièce au plafond bas.

— Jean-Paul Hade, vous voici membre de l'Ordre de Jacques-Cartier. Notre société doit demeurer secrète. Je vous répète qu'il vous est formellement interdit de parler de cette confrérie à quiconque. Ni à vos parents, ni à votre femme, ni à vos enfants. Jurez-le à nouveau sur la Bible !

Jean-Paul posa la main sur la bible devant lui et jura. Un sourire de satisfaction étira ses lèvres charnues. Il avait survécu à l'initiation.

Soulagé de voir prendre fin cette interminable réunion, Fernand se hâta vers la patère et y récupéra son chapeau qu'il garda entre ses mains, comme l'enseignait la bienséance. Il s'approcha ensuite du prêtre.

— On y va, monsieur le curé ?

— J'ai quelques mots à dire à la recrue avant de partir.

— Est-ce que ça va être long ? C'est parce que Henriette va s'inquiéter. Je reviens jamais aussi tard, d'habitude, plaida-t-il.

— Je n'en ai que pour quelques minutes.

— Bon… Je vais vous attendre dehors. Mais faites vite, s'il vous plaît.

Fernand eut peine à retenir les propos acerbes qui se bousculaient dans sa tête.

« Il peut bien prendre le temps qu'il veut, lui ! Il n'a pas une femme qui l'attend, pas d'enfants à nourrir, à vêtir et à soigner ! Et surtout il n'a pas à se lever à six heures tous les matins pour passer la journée entière debout devant une machine ! », cria la petite voix revendicatrice qui le titillait souvent.

L'ecclésiastique faisait partie de ces bien nantis : ces prêtres, curés, vicaires, frères ou moines, ces élites qui avaient reçu une instruction alors que la plupart des fils de ce pays ne pouvaient se l'offrir. Malgré leurs vœux de pauvreté, n'étaient-ils pas logés, nourris, vêtus grâce à l'argent des paroissiens qui trimaient dur ? N'avaient-ils pas les religieuses converses de la congrégation de Sainte-Marthe pour laver et repasser leurs vêtements, garnir leurs tables de victuailles, faire le ménage de l'église et du presbytère, allant même jusqu'à accomplir les tâches de secrétaire et d'infirmière quand les hommes de Dieu en avaient besoin ?

— Des servantes de Dieu ou de curés ? marmonna-t-il, faisant écho à ses pensées moroses en sortant de l'édifice.

Il se mit à arpenter le trottoir, sa colère grandissant à chaque pas. Il avait beau croire en un avenir meilleur pour les générations futures, qu'en était-il de son avenir à lui ? Son présent était si occupé par tous les projets auxquels on le conviait qu'il en venait à oublier ses propres rêves. Tout allait si vite que parfois Fernand avait peine à s'adapter.

La porte derrière lui s'ouvrit et le curé Vigneault vint le rejoindre.

— Allons-y !

Les deux confrères se dirigèrent vers une automobile de marque Meteor Custom Sedan noire 1950.

Avec ses quatre portes et ses pneus à flancs blancs, elle ne passait pas inaperçue dans le village où la majorité des paroissiens ne pouvaient que rêver d'avoir une voiture.

«Je pourrais jamais me payer une automobile comme ça», pensa-t-il, amer.

Fernand songea au seul véhicule qu'il pouvait se permettre, sa bicyclette, et qu'il devrait remiser dans la cave de la maison dès les premières averses de neige.

Un dépit soudain lui fit prendre conscience que même les prêtres, qui avaient pourtant prononcé des vœux de pauvreté, étaient mieux nantis que les hommes qui, comme lui, s'essoufflaient à la tâche pour n'en retirer qu'un bien maigre salaire.

«Ta bicyclette te suffit. Ton travail est juste à quelques minutes à pied de chez toi», dit la petite voix de la raison.

Pour la deuxième fois, ce soir-là, Fernand fit taire la révolte qui grondait de plus en plus clairement en lui et reporta son attention sur le paysage que la nuit avait envahi. Il garda le silence tout le long du trajet.

Chapitre 6

Les soupçons

La journée avait été éreintante et les enfants l'avaient fait sortir de ses gonds plus d'une fois. Maintenant que les petits dormaient à poings fermés, Henriette, couchée dans son lit, rongeait son frein. Elle jeta un coup d'œil au réveille-matin qui marquait une heure vingt-cinq.

Jamais Fernand n'était rentré si tard. Dans sa tête, mille scénarios lui faisaient craindre le pire. Son mari avait-il eu un accident? Avait-il traîné dans un tripot? Dans une taverne? Avait-il eu un rendez-vous secret?

— Il peut pas avoir fait ça en compagnie du curé, se convainquit-elle.

Henriette songea à Philippe, dont la dépendance à l'alcool et au jeu détruisait peu à peu le couple et la famille. Ces deux démons avaient-ils ensorcelé aussi Fernand? Son Fernand?

Henriette imaginait mal son mari s'amuser à dilapider l'argent si durement gagné. Pour ce qui était de la boisson, avec le diabète qui l'accablait, il ne pouvait se permettre de boire sans mettre sa santé en danger. Alors que pouvait être la raison de son retard ? Ou qui…

Pour la seconde fois depuis son mariage, l'image de Fernand dans les bras d'une autre femme, langoureusement enlacés, la tortura.

— Mon Dieu, non… souffla-t-elle dans le silence de la chambre. Pas ça…

Un vide immense se logea dans sa poitrine en même temps qu'une angoisse sourde y faisait son nid. Henriette se rappela son propre désir quand Ross Miles l'avait envoûtée par un baiser.

« Fernand a peut-être, lui aussi, des désirs inavoués », susurra une petite voix au fond d'elle-même.

Henriette tenta de se rappeler la dernière fois où elle s'était donnée à son mari.

— Presque deux mois… murmura-t-elle.

Le constat l'accabla.

Avec les maux de tête lancinants et la fatigue chronique qui affligeaient Fernand depuis des années maintenant, Henriette avait cru bon de ne pas lui demander de faire son devoir d'époux, comme le prêchaient les curés en chaire, tous les dimanches. L'abstinence n'était-elle pas aussi une bonne façon pour « empêcher la famille » ? Henriette ne s'en plaignait pas outre mesure. Elle avait retrouvé sa taille de jeune fille malgré les trois grossesses et plus le temps s'écoulait, plus elle recouvrait une liberté appréciée.

« Fernand a peut-être lui aussi retrouvé un peu de liberté », continuait la petite voix qu'elle aurait aimé faire taire.

Henriette se rappela la dernière conversation avec sa cousine Jeanne, dont le couple battait de l'aile. Jeanne soupçonnait toujours son mari d'avoir une dépendance à l'alcool et au jeu mais, depuis peu, sa cousine le suspectait aussi d'avoir une maîtresse.

Henriette tenta d'imaginer Fernand dans les bras d'une autre femme.

— Pas avec son ventre rond, ses hernies, ses…

Henriette se tut, stupéfaite de dresser un portrait si peu flatteur de celui qu'elle avait choisi d'épouser pour le meilleur et pour le pire.

« C'est lui-même qui se décrit comme ça depuis toujours », se déculpabilisa-t-elle.

L'avait-elle à ce point accepté tel qu'il se représentait ? Était-ce là ce qu'elle voyait de lui désormais ?

Henriette chassa vite ces pensées et se concentra sur les qualités remarquables qu'elle appréciait chez son époux : son charme discret, son sourire franc, ses yeux brillants et son air juvénile quand il jouait, trop peu souvent, avec Maurice.

« Il y a toujours la tendresse, l'affection ? », susurra encore la petite voix.

L'affection existait certes entre eux. Comme celle entre un frère et une sœur, ou entre deux amis. Mais l'amour…

À presque trente-trois ans, Henriette se languissait de cet amour que les poètes chantaient. Son corps de femme réclamait des caresses qu'elle se prodiguait de plus en plus souvent, seule, le soir, quand les enfants étaient endormis et qu'elle attendait celui qui se dévouait pour sa communauté. Henriette ne se confessait pas de ces moments de plaisir solitaire. C'était son corps et elle avait droit d'en jouir à sa guise.

Des sanglots secouèrent sa poitrine et elle laissa se déverser la peine et l'amertume qui l'accablaient. Elle n'entendit pas les pas glissants sur le plancher, ni ne vit la silhouette de celui qui entrait dans la chambre.

— Henriette… Ça va ? chuchota Fernand qui refermait doucement la porte derrière lui.

Surprise, Henriette se redressa sur ses coudes et essuya en vitesse les larmes sur ses joues.

— Tu m'as fait peur… dit-elle d'un ton qu'elle voulut neutre.

— Excuse-moi. J'ai pourtant fait attention pour pas faire de bruit. Tu rêvais ?

— Je sais pas… Pourquoi tu me demandes ça ?

— Tu pleurais en dormant.

— Ah, bon ?

Fernand se dévêtit en hâte et se coucha sans tarder. Il était exténué.

— Ça s'est bien passé, ta réunion de commissaires ?

— Ç'a été plus long que prévu. J'haïs ben ça quand ça retarde de même.

Henriette ravala les questions qui avaient alimenté ses inquiétudes quelques minutes auparavant. Ce n'était pas le bon moment. Il était tard et tous les deux devaient dormir, sinon le lendemain serait pénible à vivre. Elle fixa longuement le profil de celui qui, la tête déjà sur l'oreiller, avait fermé les yeux. Sa respiration régulière, ses mains jointes sur son ventre démontraient qu'il sombrait dans un sommeil profond.

Henriette prit appui sur un coude, se redressa et se pencha au-dessus de lui. Elle s'approcha, huma ses cheveux, ses joues, son cou, cherchant à y déceler un parfum de femme. Ne lui monta au nez que l'odeur de la peau moite et chaude. Quelque peu rassurée, l'épouse esseulée reprit sa place sur le côté du lit, faisant dos à celui qui ronflait déjà. Dans son cœur, pareil à une couleuvre insidieuse, le doute se faufila.

Son mari avait un secret. L'épouse en avait la certitude.

Henriette songea alors à son propre secret, celui qu'elle gardait bien ancré au fond de sa mémoire mais qui, chaque fois, refaisait surface quand le désir la surprenait : Ross…

Elle imagina un court instant le bonheur qu'elle éprouverait si elle le revoyait. Une onde de passion accéléra les battements de son cœur et elle dut se faire violence pour annihiler les fantasmes qui s'immisçaient dans son cerveau embrouillé.

« Toute vérité n'est pas bonne à dire… ni à savoir », lui intima la petite voix de la raison.

À la mission de retrouver l'enfant de sa sœur s'ajoutait le plaisir secret de s'évader toute une journée de sa réalité d'épouse et de mère, mais aussi celui d'accomplir une bonne action, seule, sans l'approbation de son mari. Cette indépendance anticipée raviva en elle un sentiment qu'elle avait enfoui au plus profond de sa quotidienneté. À la simple perspective de déambuler dans les villes de la métropole, elle se sentit plus vivante.

« Fernand ne pourra pas me refuser ça. Surtout si c'est pour prier saint Joseph pour sa santé ou la mienne », se rassura-t-elle.

Ragaillardie et confiante, Henriette ferma les yeux, bien décidée à ne laisser rien ni personne contrecarrer son projet.

Chapitre 7

Mensonges

Une brume s'allongeait sur les champs environnants, que de faibles rayons de soleil réussissaient à peine à chasser.

— Y va faire chaud et humide aujourd'hui, déclara Fernand, la petite Bernadette bien campée au creux de ses bras.

— Y fait toujours humide à Montréal, rétorqua Henriette en replaçant le petit foulard de soie jaune autour de son cou.

— Vas-tu attendre l'autobus devant le magasin du père Poirier, en bas de la côte ?

— J'aime mieux le prendre au terminus à côté de l'église, sur la rue Saint-François.

— Ça va te faire une bonne trotte !

— C'est pas plus long que pour se rendre à l'église. Je vais passer par la rue Saint-Paul. En trois minutes je suis rendue.

— Pourquoi t'as pas demandé à Pierre Chenevert de te conduire là-bas ?

— Je veux pas que quelqu'un attende après moi. Je veux prendre mon temps. Et puis d'ailleurs, Gaston est supposé venir me rejoindre à l'oratoire. On va aller dîner ensemble. Il m'a invitée. C'est d'ailleurs lui qui paye mon billet d'autobus aller-retour.

— Il avait pas besoin. J'aurais pu te le payer ! se défendit Fernand, espérant que son beau-frère ne le trouvait pas chiche.

— Si ça lui fait plaisir de m'offrir ça ! On va pas lui refuser de nous faire un cadeau ? Il a pas d'enfant et il fait un bon salaire au magasin.

— J'ai bien hâte d'avoir une augmentation, moi aussi, lança Fernand avec une moue boudeuse.

À la manufacture de chaussures, la grogne régnait. Le syndicat en place revendiquait des hausses de salaires de deux cents de l'heure et Homer Dufresne avait mentionné qu'il ne pouvait pas répondre à cette exigence, sans quoi il devrait mettre la clé dans la porte de son usine. Apeurés à la perspective de perdre leur emploi et d'ainsi ajouter à la précarité de leur situation, plusieurs employés avaient baissé les bras et le mécontentement régnait. C'était difficile de rallier tout le monde dans cette quête de justice et d'équité. La benjamine s'agita et Fernand la déposa par terre.

La petite courut vers sa mère et lova ses petits bras autour de ses cuisses.

— Maman peut pas te prendre, ma chouette, s'excusa Henriette qui jeta un coup d'œil à sa montre-bracelet.

— Elle est pas habituée de te voir partir sans elle, dit Fernand.

— Moi non plus, j'avoue. Ça me fait drôle de quitter la maison toute seule.

Le mari s'approcha de sa femme, replaça une boucle de cheveux sur son front. Ses doigts s'attardèrent un moment sur la tempe.

— Où sont Maurice et Nicole ? s'inquiéta-t-elle en ne les voyant pas dans la maison.

— Ils jouent dans le sable, sous la galerie, la rassura Fernand.

— Tu es certain que ça va aller, toi, avec les trois enfants ? s'inquiéta-t-elle.

— Arrête donc de t'en faire avec ça ! Je te dis que ça va bien aller !

Henriette jeta un dernier regard circulaire sur la cuisine. Debout dès les petites heures du jour, elle avait cuisiné un pâté chinois qu'elle avait remisé dans le réfrigérateur. Ainsi, Fernand n'aurait qu'à le faire réchauffer dans un chaudron. Elle avait aussi passé la vadrouille et lavé l'évier de la cuisine. Elle s'était affairée jusqu'à la dernière minute, surtout pour faire taire le sentiment de culpabilité qui la tourmentait.

— Tu reviens quand ? demanda Fernand.

— Je sais pas trop encore. Ça va dépendre de Gaston. J'espère pouvoir prendre l'autobus avant six heures.

— Si tard ?

— J'aime mieux ne pas te donner une heure précise. Au cas où tu t'inquiéterais.

Henriette songea que la mission qu'Estelle avait confiée à son frère et à sa sœur resserrerait assurément les liens fragilisés depuis la mort de leur mère. Elle eut une pensée pour Clara qui avait toujours été une mère dévouée.

« Elle serait fière de te voir prendre soin de ta petite sœur », lui indiqua la voix de sa conscience.

— Tu pourras me téléphoner à frais virés… commença Fernand.

— … et dépenser de l'argent pour un longue distance ? coupa-t-elle. C'est bien trop cher !

Nerveuse, Henriette vérifia pour la énième fois le contenu de son petit sac à main, à la recherche de la monnaie pour payer le billet d'autobus que Gaston lui rembourserait, comme promis.

— Bon ! Je vais y aller si je ne veux pas rater l'autobus.

— Maman… geignit Bernadette en tendant ses bras potelés vers elle.

— Va, je vais m'en occuper ! dit Fernand en soulevant Bernadette de terre avant de l'emprisonner entre ses bras puissants. Dépêche-toi avant qu'elle se mette à pleurer !

— T'es sûr que ça va aller ? interrogea encore Henriette.

— Je te dis que oui ! Vite ! Dépêche-toi de partir ! répéta Fernand entre les bras duquel la fillette gigotait de plus en plus.

Henriette s'approcha, déposa un baiser tendre sur le front de la fillette et effleura à peine les lèvres de Fernand.

L'au revoir était froid, sec et sans émotion.

— Profite bien de ta journée ! lui recommanda son époux en l'accompagnant à la porte. Et dis bonjour à ton frère. Dis-lui aussi qu'il est toujours le bienvenu chez nous.

— J'y manquerai pas, lança Henriette en franchissant enfin le seuil de la maison.

*

Le trajet d'autobus entre Saint-Pie-de-Bagot et Saint-Hyacinthe lui parut durer une éternité, le lourd véhicule s'arrêtant aux intersections du Petit Rang et du Grand Rang avant d'amorcer le trajet tout le long de la rue Principale du village de Saint-Dominique.

C'était samedi, jour de sortie pour les résidents des campagnes et villages environnants qui se rendaient au centre-ville de Saint-Hyacinthe y faire des emplettes. Le trajet vers Montréal s'effectua par contre en un temps record. Sur les conseils de son frère, elle avait hélé un taxi qui l'avait menée directement au pied de l'oratoire, où se massait déjà une foule de fidèles.

— Ça fait longtemps que tu m'attends ? demanda-t-elle à Gaston quand celui-ci ouvrit galamment la portière de l'automobile pour la laisser sortir.

— À peine quinze minutes, répondit-il en refermant derrière elle.

Henriette attendit près du taxi que son frère paye la note au chauffeur qui le remercia du bout des lèvres avant de repartir quérir un nouveau client. Elle mit le pied sur la première marche de l'escalier montant vers le sanctuaire quand Gaston l'arrêta d'une main posée sur son avant-bras.

— On devrait y aller tout de suite, dit-il.

— Je dois d'abord aller prier pour…

— On n'a pas le temps, trancha Gaston d'un ton sec.

Henriette lui adressa un regard noir et répliqua avec une pointe de colère dans la voix :

— J'ai dit à Fernand que je venais prier à l'oratoire et c'est ce que je vais faire en premier, en plus d'acheter des médailles pour lui et les enfants. Comme ça, je vais pouvoir prouver que je suis réellement venue ici.

La voix d'Henriette trahissait la grande nervosité qui l'habitait depuis son départ de la maison. Comprenant que la loyauté et la franchise de sa sœur devaient être mises à rude épreuve, Gaston s'en voulut un instant d'insister :

— OK, mais dépêchons-nous. J'ai pris rendez-vous avec une religieuse et elle nous attend à onze heures quinze, pas plus tard.

Surmontant son agacement, Henriette fit volte-face et gravit l'escalier au pas de course, Gaston sur les talons.

Au-dessus du dôme se profilaient des nuages précurseurs de mauvais temps.

*

— Tu sais où aller ? questionna Henriette au sortir de l'oratoire.

— Estelle a accouché chez les sœurs de la Miséricorde, boulevard Dorchester. On m'a dit que ces religieuses s'occupent encore des enfants illégitimes et miséreux. La crèche est, paraît-il, pleine à craquer ces jours-ci.

Le couple quitta l'enceinte de l'oratoire par le chemin du Frère-André, tourna à droite sur Queen Mary, puis à gauche sur le chemin de la Côte-des-Neiges pour s'arrêter à la hauteur de la rue Lacombe, où le tramway numéro 18 les mènerait vers leur nouvelle destination.

— Tu crois que l'enfant d'Estelle est toujours là ? demanda encore Henriette en s'emparant du ticket que lui tendait Gaston, et qu'il s'était procuré à l'agence de billets installée chez Dupuis Frères afin de favoriser l'achalandage de la clientèle.

— Je pense pas. S'il a pas été adopté, il doit encore être dans un orphelinat pour les enfants plus âgés. On va d'abord aller se renseigner à la maternité de la Miséricorde. On verra ensuite.

À cette heure de la journée, les rues grouillaient d'animation. Henriette leva les yeux vers l'azur zébré de fils électriques et compara ce ciel à celui de son village que seuls les nuages striaient. Elle posa ensuite un regard sur le sol, lui aussi raturé par les rails qui s'entrecroisaient allègrement, dessinant des carrelages sombres sur le bitume.

Le bruit grinçant du tramway, débouchant soudain au bout de la rue, attira son attention. Le beige éclatant de sa structure arrondie, les chiffres peints en rouge et la brillance de ses multiples fenêtres tranchaient sur la grisaille environnante.

Gaston prenait déjà place derrière des gens qui se massaient sur le bord du trottoir, formant un amas compact et coloré. Henriette le talonna sans attendre. Quand les portes s'ouvrirent, tout le monde s'engouffra à l'intérieur. Après avoir déposé son billet dans la boîte de perception du chauffeur, Henriette se dirigea vers une banquette où elle prit place près de la fenêtre.

Elle ne voulait rien manquer de cette ville qui lui révélait, les rares fois où elle y venait, des visions d'une vie facile et remplie d'activités de toutes sortes.

— T'es chanceux de vivre à Montréal… dit-elle à son frère qui s'assoyait à ses côtés.

— Oui, j'aime beaucoup cette ville. Y a plein de places à visiter, de restaurants, de cinémas aussi.

Les portes du tramway se refermèrent dans un grincement et l'engin s'ébranla lentement.

— Tu vois là-bas, c'est le cimetière Notre-Dame-des-Neiges, expliqua Gaston en tendant son index vers un vaste terrain parsemé de pierres tombales.

— Y a des morts sans bon sens ici ! s'étonna Henriette, qui ne pouvait s'empêcher de le comparer à celui de Saint-Pie où reposait son petit Henri.

— Et regarde à gauche, c'est le collège Notre-Dame, fondé par les frères de Sainte-Croix. Le frère André a étudié là. Juste à côté, c'est le Musée de cire. Y a plein de scènes affreuses représentant des chrétiens dévorés par des lions dans une arène romaine…

— J'aime autant pas voir ça ! s'exclama Henriette, faisant relever les têtes des personnes assises près d'eux.

— Pas si fort ! On est pas en campagne ici… la gronda Gaston à mi-voix.

Henriette rougit jusqu'aux oreilles et baissa le front sur ses mains gantées qui s'agitaient nerveusement sur la courroie de son sac à main. La remontrance de son frère l'avait blessée. Bien décidée à ne pas se faire semoncer une seconde fois, elle garda ses réflexions pour elle tout au long du voyage.

Gaston était un bon guide et il lui décrivit les immeubles importants, les parcs, ajoutant parfois quelques anecdotes à ses récits. Henriette ne put s'empêcher de remarquer les changements entre les quartiers. Plus le tramway approchait du boulevard Dorchester, plus la pauvreté faisait place à la richesse.

— C'est ici, déclara Gaston en se levant pour se diriger vers la porte de la voiture, Henriette à sa suite.

Une fois sortis du tramway, ils se retrouvèrent devant un imposant édifice gris de quatre étages en pierre de taille.

— C'est bien ça : le 850, rue Dorchester, déclara Gaston en vérifiant sur le petit papier qu'il avait sorti de sa poche.

L'austérité des lieux fit frissonner Henriette, qui imagina sa petite Estelle franchir la porte de cette enceinte, seule…

« J'aurais dû être là pour elle… », pensa-t-elle.

Ils remontèrent le boulevard, tourna à gauche rue Saint-Hubert où un autre portique marquait l'entrée d'un bâtiment annexe.

— C'est probablement au quatrième étage, à la salle publique pour les filles-mères qu'Estelle a donné naissance à son enfant, monologua Gaston sans ralentir le pas.

Ils tournèrent ensuite rue Saint-André, longèrent une cour clôturée où étaient stationnées quelques voitures et arrivèrent enfin devant une porte basse donnant sur un autre bâtiment, de quatre étages lui aussi.

— Nous y sommes, annonça Gaston.

— Qu'est-ce qu'on va dire ?

— Qu'on est le frère et la sœur d'Estelle Camirand. Qu'on a su qu'elle était venue ici pour avoir son enfant. Qu'on n'a plus de ses nouvelles et qu'on voudrait savoir si elle est revenue après l'accouchement.

Gaston prit la main d'Henriette entre les siennes et exerça une pression qui trahissait bien l'angoisse qui le tenaillait lui aussi.

— À deux on va y arriver, laissa-t-il tomber dans un souffle.

Bras dessus bras dessous, le frère et la sœur s'engagèrent sur le trottoir menant à l'établissement qui avait hébergé, le temps d'un enfer, celle qu'ils chérissaient tous deux.

Chapitre 8

La sainte femme

— Je me souviens de votre sœur Estelle. Elle est arrivée ici en pleurs. Elle disait être orpheline et sans famille, expliqua la religieuse assise sur une chaise droite.

Ses mains à la peau blanche et aux ongles soignés, jointes autour d'un chapelet, reposaient sur son tablier noué à sa taille que la multitude d'étoffes alourdissait.

Dès leur arrivée, Gaston et Henriette avaient été surpris par la propreté des lieux d'abord, par le silence ensuite, meublé ici et là de toussotements, de sanglots discrets, de pas glissant sur le plancher ciré. Pas de pleurs de nourrissons comme ils l'avaient imaginé. Pas non plus de filles-mères traînant leur peine dans les étroits corridors.

— Était-elle seule ? hasarda Henriette, espérant qu'Eugène avait au moins eu la décence de l'accompagner jusqu'à la porte de l'édifice.

— Oui. Elle m'a raconté avoir longtemps marché pour venir jusqu'ici. Elle avait un ventre énorme. Elle était visiblement épuisée, comme bien des filles qui n'ont pas assez d'argent pour se payer un billet de tramway ou d'autobus.

— Est-elle demeurée longtemps ici ? interrogea à son tour Gaston.

— Trois jours tout au plus. Si je me rappelle bien, elle n'avait que cinq dollars en poche, ce qui était bien sûr insuffisant pour couvrir les frais de pension dans la salle publique, mais nous l'avons hébergée un jour de plus par charité chrétienne.

Henriette posa sa main gantée sur ses lèvres tremblantes, réprimant avec peine les émotions qui l'assaillaient.

« Pauvre Estelle, comme elle a dû se sentir abandonnée », songea-t-elle, amère.

— Et l'enfant ? reprit Gaston. C'était un garçon ?

— Et une fille, compléta la religieuse.

Cette révélation laissa Gaston et Henriette stupéfaits.

— Je me rappelle qu'Estelle m'avait écrit qu'elle avait eu une fille, qu'elle avait prénommée Clara en souvenir de notre mère… murmura Henriette.

Elle se tut soudain, écarquilla les yeux et se tourna vers Gaston. Le prenant à témoin, elle ajouta, interloquée :

— Mais quand vous êtes venus me rendre visite à la maison, elle m'a effectivement parlé de son garçon. Je n'y ai pas fait attention, croyant que son souvenir était devenu confus et, surtout, elle s'est mise à pleurer tellement que je...

— Lorsque le premier bébé est sorti, votre sœur était dans un tel état d'épuisement qu'elle a été prise de tremblements, de spasmes, même... l'interrompit la religieuse. On a eu peur qu'elle entre en convulsions. Une sœur infirmière a voulu lui appliquer un masque d'éther pour l'endormir. Votre sœur l'a suppliée d'attendre un peu. Elle a gardé la petite fille dans ses bras avant de laisser l'infirmière faire son travail.

La religieuse se tut et ferma les yeux un instant au souvenir de cet accouchement qui restait gravé dans sa mémoire plus que tous les autres. Quand elle les rouvrit, elle enchaîna aussitôt :

— Les médicaments ont fait l'effet escompté et votre sœur s'est endormie. Le deuxième bébé est sorti quelques minutes après. C'était un garçon.

— Estelle l'a vu ? questionna Henriette.

— Peut-être, mais, à ma souvenance, elle n'a pas rouvert les yeux avant que l'infirmière ait quitté la chambre avec l'enfant.

— Elle a donc eu des jumeaux... souffla Henriette, qui n'en croyait pas ses oreilles.

Elle jeta un coup d'œil vers Gaston. Sa mine déconfite ne lui dit rien qui vaille. Comme elle, il devait mesurer l'ampleur du drame que leur jeune sœur avait vécu. Ils l'imaginèrent à demi-consciente, couchée entre des draps froissés qui avaient accueilli son double malheur.

— Vous ne lui avez jamais dit la vérité ? questionna Gaston.

— Non. Pourquoi ajouter à sa peine ? répondit la religieuse.

— Est-elle demeurée longtemps ici, après l'accouchement ? demanda Henriette.

— Une journée, le temps de reprendre un peu de force pour affronter sa nouvelle vie. Elle est partie comme elle était venue. Simplement. Comme toutes les autres…

— Et où sont les enfants, aujourd'hui ? s'enquit à nouveau Gaston.

— La petite fille a été adoptée, ici même, une semaine plus tard. Le garçon, quant à lui, a été placé dans un orphelinat, répondit sèchement la religieuse qui croyait déjà en avoir trop dit.

— Si vite ! s'exclama Gaston.

— Il y a beaucoup de filles-mères qui viennent ici se délivrer du fruit de leur péché, vous savez… Nous n'avons qu'une cinquantaine de lits et autant de berceaux. Pour ce qui est des berceaux, il nous en manque tellement que nous devons parfois utiliser les lavabos pour coucher les bébés. Nous ne pouvons garder tous ces nouveau-nés et prendre soin des convalescentes en même temps. Voilà pourquoi, une fois examinés par le médecin, nous distribuons les bébés dans différentes crèches et orphelinats de la province.

Gaston et Henriette écarquillèrent les yeux.

— De la province, dites-vous ?

— Oui, mais la plupart des orphelinats sont à Montréal et à Québec. C'est là que viennent les choisir les couples qui désirent adopter des enfants.

— Les enfants de notre sœur ont été envoyés dans quelle ville, selon vous ? demanda Gaston, espérant que ce ne soit pas à l'autre bout de la province.

La religieuse prit bien son temps, plissa les yeux derrière ses lunettes cerclées d'argent.

— Si ma mémoire est bonne, deux semaines plus tard, le garçon a été placé à la Crèche d'Youville, sur le Chemin de la Côte-de-Liesse.

— Deux semaines après ? s'étonna Gaston.

— Ici, notre devoir est de pourvoir aux soins des mères et des nouveau-nés d'abord. L'adoption se fait davantage dans les orphelinats, bien que beaucoup de parents espèrent adopter des nouveau-nés. Ce qui réjouit nos sœurs infirmières qui se dévouent tous les jours pour assurer leur bien-être. Elles les nourrissent, les lavent, les habillent, les soignent et les consolent.

Nous ne sommes pas tenues de les garder longtemps. Il n'y a pas que les enfants des filles-mères qui arrivent ici. La population de nos établissements se compose surtout d'enfants dont les familles sont trop nombreuses et trop pauvres pour les garder. Sans compter les veufs qui, privés de leurs femmes, ne savent pas quoi faire avec leur progéniture. Il y a aussi les enfants de la honte qu'on doit cacher : les attardés mentaux et les infirmes. Ceux-là sont placés pour la plupart dans des hospices comme à Saint-Jean-de-Dieu ou encore à l'institut Saint-Michel-Archange, à Québec. Oh ! Il y en a bien sûr qui sont éparpillés un peu partout où on trouve de la place, mais ce n'est qu'en attendant qu'un lit se libère dans ces institutions spécialisées.

À l'énoncé de tous ces pauvres petits laissés-pour-compte, Henriette frissonna. Comment un parent pouvait-il abandonner son enfant aussi impunément ? Elle éprouva presque aussitôt de la pitié pour ces femmes que le deuil ou la maladie rendaient isolées et vulnérables, et pria le ciel que pareil sort lui soit épargné. À la seule pensée de devoir se séparer des siens, les yeux d'Henriette se remplirent de larmes.

Prenant cette émotion pour de la compassion envers les petits infortunés, la religieuse lui sourit tristement.

— La vie est bien cruelle pour ces petits êtres mais, grâce à Dieu, nous avons une armée de religieuses et d'infirmières attentionnées pour en prendre soin. Du moins jusqu'à ce qu'ils trouvent un foyer, une famille, pour leur prodiguer amour et éducation.

Henriette acquiesça en silence, fouilla dans son sac, en sortit un petit mouchoir brodé avec lequel elle épongea les larmes qui s'accrochaient au coin de ses yeux.

— Si je comprends bien, nous devrions aller à la Crèche d'Youville, si on veut avoir plus d'informations… répéta Gaston, dont la triste mine démontrait le niveau de découragement.

— Vous pouvez toujours tenter votre chance. Après qu'un enfant a été placé à l'orphelinat, les documents sont détruits pour ne pas compromettre son avenir, la réputation de la mère et la quiétude des parents adoptifs. Les religieuses sont aussi tenues au secret. D'ailleurs, même ici, chaque patiente reçoit un pseudonyme lors de son admission et les visites sont interdites par mesure de protection.

Henriette se tourna vers son frère, découragée.

— J'ai bien l'impression qu'on ne retrouvera jamais les enfants d'Estelle.

— Je ne devrais pas vous dire ça… ajouta la religieuse. Mais si ça peut aider votre recherche…

La nonne prit bien son temps et ferma les yeux, priant Dieu de la pardonner de révéler un élément qu'elle avait pourtant juré de garder secret.

— Le petit garçon est né avec un bec-de-lièvre. Avec un tel handicap, il m'apparaît difficile de croire que quelqu'un ait voulu l'adopter.

— Alors ?... s'inquiéta Henriette qui connaissait déjà la réponse.

— Alors, il vit probablement dans un hospice.

Henriette baissa la tête, totalement désespérée. Une chape de plomb s'abattit sur ses épaules, qui se voûtèrent sous le poids de la désillusion. Inévitablement, le fils d'Estelle devait avoir grossi les rangs de ces orphelins placés par Duplessis dans les hôpitaux psychiatriques.

— Pourquoi alors avoir accepté de nous révéler tout ça, ma sœur ? demanda Gaston.

— Parce que votre sœur Estelle ressemblait presque trait pour trait à ma jeune sœur, Èvelyne, morte de la tuberculose, alors qu'elle n'avait que vingt ans.

Les souvenirs encore douloureux de la perte de cet être cher marquèrent les traits de la religieuse.

— Et puis, avant de franchir la porte de cet établissement, votre sœur m'a embrassée sur la joue, en me remerciant d'avoir été présente à son chevet, termina-t-elle avec un tremblement dans la voix.

Un court silence empreint de la mémoire de cette jeune fille attachante et affectueuse remplit la pièce.

La religieuse se leva brusquement de sa chaise, comme si une mouche l'avait piquée.

— J'espère que vous retrouverez votre sœur. En ce qui concerne sa fille, jolie comme elle l'était, elle a sûrement trouvé des parents attentionnés pour la chérir.

Gaston se leva prestement et défroissa son pantalon, imité par Henriette qui, en passant devant la religieuse, s'arrêta un moment. Elle plongea son regard dans les prunelles aussi noires que l'ébène de celle qui consacrait sa vie au service de Dieu et des plus démunis.

— Quel est votre nom ? demanda-t-elle.

— Sœur Sainte-Claire.

— Merci d'avoir été là pour ma petite Estelle et pour ses enfants.

— Je n'ai fait que mon devoir, déclara la religieuse en se permettant un timide sourire.

D'un geste de la main, sœur Sainte-Claire les invita à quitter les lieux.

Gaston et Henriette s'exécutèrent en silence et la porte se referma doucement derrière eux.

— On a le temps d'aller voir à la Crèche d'Youville. Viens vite ! la pressa Gaston, qui courait presque dans le couloir menant vers la sortie.

— On ne va pas dîner avant ? N'oublie pas que j'ai un autobus à prendre cet après-midi !

— On va prendre un taxi pour se rendre à l'orphelinat, ça sera plus rapide. On ira dîner après et je te promets que tu ne rateras pas ton autobus, la rassura son frère.

Henriette le suivit sans plus tarder, désireuse surtout de quitter cet établissement dont les murs recelaient les chagrins secrets de celles qui avaient remisé leur amour au creux des remords et des regrets.

Chapitre 9

La mauvaise nouvelle

Il était midi quarante quand le téléphone sonna.

Affairé à la table, une cuillère remplie de pâté chinois à la main, Fernand sursauta. Il déposa la cuillère dans l'assiette sous le regard de Bernadette qui attendait sagement la prochaine bouchée, se leva et courut vers l'appareil qui faisait entendre sa sonnerie métallique pour la troisième fois.

— Allô ?

— Fernand, c'est Rosario.

— Rosario ! Comment ça va ?

— Moi, ça va. C'est le père…

Un frisson courut le long de l'échine de Fernand, qui anticipa le pire.

— Il est à l'hôpital.

Fernand ne dit mot. Dans sa tête, mille images défilèrent dans une bourrasque de souvenirs heureux. Il se revit, travaillant en compagnie de cet homme robuste et fier, trayant les vaches en chantant, marchant dans ses pas dans la terre fraîchement labourée.

Des larmes glissèrent sur ses joues. Derrière lui, les enfants commençaient à s'asticoter et les cris de Bernadette le sortirent de sa torpeur.

— T'es où ? dit enfin Fernand.

— À son chevet, à l'hôpital. Ses reins ne fonctionnent plus. Il a commencé à appeler notre mère. Il délire, que les médecins ont dit.

— Y en a plus pour bien longtemps, alors ?

— Les médecins parlent de deux heures, tout au plus.

— J'arrive. Le temps de trouver quelqu'un pour garder les enfants et me conduire à Saint-Hyacinthe.

— Je vais rester près de lui, en t'attendant. Fais vite !

Fernand demeura figé, démoli par cette nouvelle qui arrivait à un bien mauvais moment.

— PAPA ! PAPA ! s'écria Nicole, que Maurice houspillait en brandissant sa fourchette devant elle.

Reprenant pied dans la réalité, Fernand raccrocha et se tourna vers Maurice, des mains duquel il arracha la fourchette. Dans sa nervosité, il effleura la joue de son fils qui prit ce geste pour une gifle et se mit à pleurer.

Fernand tenta de le consoler, tandis que Bernadette frappait la tablette de sa chaise haute de ses deux poings fermés. Nicole plaquait ses mains sur ses oreilles et pleurait.

Désemparé, Fernand se dirigea vers le téléphone, s'empara du combiné, composa le numéro qu'il connaissait par cœur et attendit.

—Pierre, c'est Fernand. Peux-tu me conduire à Saint-Hyacinthe?... Oui, tout de suite... Mon père se meurt... Dans dix minutes? OK, merci. À tantôt.

Il raccrocha, décrocha, composa un nouveau numéro et attendit encore une fois.

—Allô, madame Choquette? C'est Fernand Dupré. J'ai besoin de votre aide pour garder mes enfants. Tout de suite... Oui... Votre fille Jacinthe? Qu'elle fasse le plus vite possible, s'il vous plaît... Je dois aller à l'hôpital avec Pierre Chenevert. D'accord, merci beaucoup...

Fernand raccrocha, soulagé. Il s'empressa d'aller vers les enfants et de terminer de faire manger Bernadette, qui n'avait plus faim. Il enleva les assiettes dans lesquelles la nourriture avait séché, en vida les restes dans la poubelle avant de les déposer au fond de l'évier et de faire couler de l'eau dessus.

«Je ferai la vaisselle plus tard», soliloqua-t-il, comme si cette seule pensée le gardait en contrôle des émotions qui le submergeaient.

Il se tourna vers Maurice qui quittait la table.

—Jacinthe va venir vous garder. Papa doit aller en ville. C'est toi le grand garçon de la maison. Je compte sur toi pour l'aider, expliqua-t-il à ce fils aîné qu'il savait responsable.

Maurice acquiesça d'un signe de la tête.

Fernand dégagea Bernadette de la chaise et la déposa par terre. La petite lui tendit les bras.

— Papa doit se dépêcher, s'excusa Fernand en replaçant la chaise haute près du mur longeant le frigidaire.

Bernadette se mit à geindre. Maurice fut aussitôt près d'elle.

— Viens, on va jouer avec ta poupée, lui dit-il en la prenant par la main.

Docile, Bernadette le suivit.

Le klaxon de la voiture de Pierre Chenevert se fit entendre en même temps que Jacinthe ouvrait la porte de la maison.

— Merci d'être venue aussi vite, dit Fernand.

— Maman m'a dit que vous étiez pressé, alors j'ai couru jusqu'ici, déclara la jeune fille aux cheveux carotte et au visage parsemé de taches de son.

— Si tu as faim, il reste du pâté chinois, lui indiqua-t-il.

D'un signe de tête, Jacinthe lui fit savoir qu'elle profiterait de son offre.

Fernand ne s'attarda pas et, pour la première fois depuis leur naissance, quitta la maison sans avoir embrassé ses enfants.

Quand il prit place dans la voiture aux côtés de son mentor et ami, celui-ci posa une main affectueuse sur son épaule.

— Ça va bien aller, l'encouragea-t-il.

— Une chance que t'es là…

— Je serai toujours là pour toi, le rassura Pierre Chenevert. T'es un peu comme mon fils, tu sais… ou comme mon petit frère, si tu préfères.

Il accentua la pression sur l'épaule de celui qui laissait, sans honte, couler sa peine.

Pierre mit la voiture en marche, bien décidé à se rendre à l'hôpital dans un temps record. Au bout de la rue Saint-Paul, à l'intersection de la rue Saint-François, un jeune garçon plutôt rond, aux cheveux noirs et bouclés, traversa la rue en bicyclette. Le conducteur appliqua les freins si brusquement que Fernand dut placer sa main sur le tableau de bord pour ne pas que sa tête percute le pare-brise devant lui.

— Le petit maudit ! Je l'ai pas vu venir ! maugréa Pierre.

Celui qui était la cause de tout cet émoi jeta un regard noir sur la voiture qui aurait pu le faucher avant de continuer sa course sur le trottoir.

Pierre regarda attentivement des deux côtés puis tourna à droite.

Fernand, pour sa part, était retombé dans une parenthèse entre deux mondes, ses rêveries se déroulant sur une toile de fond de bons souvenirs. Muet, il fixait son attention sur le paysage défilant, comme si une vitre ternie s'était interposée entre lui et la réalité. Au hasard de la route, il ne vit pas la lumière se répandant sur les pelouses en se disloquant sur les buissons, n'entendit pas les rires et les cris d'un enfant jouant avec un petit chien. Une mélancolie se mêla aux émotions qui se livraient bataille en lui.

Fernand secoua tristement la tête. Avec la mort de son père, c'était une partie de sa vie qui disparaissait à tout jamais.

Dès le moment où il avait ouvert les yeux, Kildare avait été là. Très tôt, Fernand l'avait suivi à l'étable, dans les champs et même à la rivière, quand le fermier se permettait des moments de repos, une canne à pêche à la main. Fernand se rappela l'après-midi d'été où ils s'étaient mis nus pour plonger dans l'eau fraîche de la rivière. Ils s'étaient aspergés comme deux enfants, riant à gorge déployée.

— Raconte surtout pas à ta mère ce qu'on vient de faire là ! Ça la scandaliserait tellement qu'elle voudrait plus que tu viennes à la pêche avec moi, lui avait-il conseillé en se rhabillant après s'être laissé sécher au soleil.

Ce secret, Fernand l'avait toujours gardé au fond de son cœur comme on conserve un trésor précieux.

Le souvenir de cette connivence le fit sourire et il comprit que son père avait toujours été un homme libre; de cette liberté que seule la possession d'une terre pouvait procurer.

—Je suis maître chez nous! Tout ça, c'est à moi! clamait-il souvent en étirant ses longs bras vers l'étendue de ses terres fertiles dont il était si fier.

«Maître chez nous…»

Cette expression, devenue le slogan populaire du Parti libéral de Jean Lesage, s'harmonisait aux revendications de la nouvelle génération qui voulait prendre en main sa destinée.

«Ton père serait fier de savoir que tu es membre de La Patente», le consola la petite voix au fond de lui.

À nouveau des larmes marbrèrent ses joues et Fernand sortit son mouchoir de coton pour les essuyer. Il le porta à ses narines, se moucha bruyamment, le replia et le remit dans la poche de son pantalon.

— On va être à l'hôpital dans environ dix minutes, confirma Pierre.

—J'espère qu'il sera pas trop tard… murmura Fernand d'une voix tremblante.

Chapitre 10

L'orphelinat

— C'est ici! s'écria Gaston en sortant de la voiture.

— Dépêchons-nous, j'aimerais prendre l'autobus de quatre heures, le pria Henriette qui mettait le pied sur le trottoir à la suite de son frère.

Gaston paya la note au chauffeur de taxi et talonna sa sœur, qui se dirigeait déjà vers la porte d'entrée de l'orphelinat d'Youville.

Henriette porta la main à son estomac d'abord, à ses lèvres ensuite où elle étouffa à grand-peine un rot.

Au sortir de l'hôpital de la Miséricorde, à la demande expresse d'Henriette, Gaston l'avait entraînée dans un petit restaurant, dont le menu était essentiellement composé de hot-dogs et de frites. Henriette avait mangé rapidement et, peu habituée à ce genre de repas, avait vite été incommodée par une digestion difficile.

— C'est gras sans bon sens, cette nourriture-là! s'était-elle plainte à son frère.

Gaston lui avait expliqué qu'en ville, les légumes et les fruits étaient des denrées que tout le monde ne pouvait pas se payer. Il avait ajouté qu'Henriette pouvait se compter chanceuse d'avoir une chambre froide bien garnie des produits de son jardin.

Henriette avait baissé le front, consciente que la vie en ville devait avoir, certes, ses avantages, mais aussi beaucoup d'inconvénients. N'avait-elle pas remarqué ces immeubles de briques sombres qui s'alignaient le long des trottoirs et qui n'offraient à ses locataires que de petits balcons juste assez larges pour y installer deux chaises droites ?

L'air lourd et rempli d'odeurs d'essence et de crasse l'indisposait au plus haut point. Elle compara les terrasses minuscules où jouaient les enfants à l'étendue gazonnée qui entourait sa maison et remercia le ciel de posséder pareil trésor.

Oui, la ville avait sûrement des attraits, mais Henriette préférait la quiétude et l'air pur de son petit village, même si parfois elle s'y ennuyait.

— T'es prête ? demanda Gaston.

Malgré la fatigue qui l'accablait et le malaise à son estomac qui s'intensifiait, Henriette hocha de la tête, résignée à accomplir cette mission jusqu'au bout.

Le couple gravit les quelques marches qui les séparaient des lourdes charpentes de bois sombre qui en fermaient l'enceinte. Gaston appuya sur la sonnette située à droite de la porte. Quelques minutes passèrent avant qu'une religieuse vienne ouvrir. D'une pression sur le bras de sa sœur, il l'incita à le précéder.

À l'intérieur, les relents de cuisine et d'urine obligèrent Henriette à porter sa main gantée à son nez. Un haut-le-cœur la surprit et elle dut se faire violence pour le réprimer.

La religieuse referma la porte avec lenteur avant de s'adresser aux visiteurs.

— C'est pour une adoption ?

— Oui, prétendit Gaston.

— C'est par ici. Suivez-moi, s'il vous plaît, dit-elle en pointant le doigt en direction d'un long corridor sombre.

— Oublie pas, il faut avoir l'air de gens mariés, lui chuchota Gaston en remontant ses lunettes et en s'emparant du bras de sa sœur qu'il lova sous le sien.

Le couple improvisé suivit la religieuse, qui s'engagea dans le couloir à petits pas pressés. L'obscurité du corridor mettait en valeur les flammes dansantes des bougies votives placées au pied des statues dressées dans des niches.

Le lieu était austère. Il y flottait une odeur de renfermé, comme celle qui vous prend au nez en entrant dans un confessionnal. Henriette remarqua les images saintes accrochées au mur. Au-dessus d'une porte d'arche, sur un crucifix en bois, était fixé un Christ d'un réalisme saisissant. La tête penchée un peu sur le côté, il portait son regard vers les cieux en une vaine supplique. Des gouttes de sang étaient peintes sur son front surmonté d'une couronne d'épines.

Henriette voulut se signer, mais une colère subite l'en empêcha. Comment pouvait-elle faire semblant alors que toute cette mise en scène n'était que mensonge ? Comment s'en remettre à un Dieu, qui ne semblait pas considérer l'importance du bonheur de ces infortunés ?

«Je ne peux pas implorer un Dieu aussi cruel», s'indigna-t-elle.

Pour la première fois de sa vie, une révolte contre les doctrines et les règles édictées par une Église régie par les hommes et reléguant les femmes à des rôles de servantes ou de pécheresses germa en elle. Henriette comprit que sa foi était à jamais ébranlée. Des larmes lui montèrent aux yeux.

Elle jura qu'elle n'en parlerait à personne, sauf peut-être à Gaston, un jour.

Henriette jeta subrepticement un coup d'œil à ce frère séduisant, aux goûts raffinés, à la démarche assurée, qui avançait à ses côtés. Elle scruta son visage pour y déceler une réaction, un sentiment. Il ne laissait transparaître qu'une vague curiosité.

Elle soupçonna Gaston d'avoir tiré un trait sur les diktats d'une Église qui le condamnait. Elle mesura à quel point elle connaissait peu celui qui vivait ses passions dans l'ombre, avec la peur de l'opprobre dont il serait victime si jamais on apprenait ses penchants.

— Je crois qu'on approche, souffla Gaston.

Tout près, d'une pièce au mur vitré, leur parvinrent des voix. Henriette crut entendre un homme s'adresser en anglais à un interlocuteur. Un vertige l'accabla soudain et elle s'appuya contre Gaston au moment où la porte du bureau s'ouvrait toute grande. Une femme et un homme richement vêtus en sortirent aussitôt.

— *Thank you very much*, dit la religieuse qui les escortait. *God will bless you.*

Le couple d'Anglais quitta aussitôt les lieux sous le regard reconnaissant de la bonne sœur, qui joignit les mains et se tourna vers Gaston et Henriette.

— Vous venez pour l'adoption ? demanda-t-elle tout de go.

— Oui, répondit Gaston.

— Prenez place, je vous prie, les invita-t-elle en désignant les chaises laissées vacantes par les visiteurs précédents.

Le frère et la sœur obéirent.

Un rayon de soleil traversait la fenêtre et filait le long du mur avant de plonger sur une statue de la Vierge, garnie de fleurs, dans un bain de lumière.

Henriette fixa ces fleurs que la chaleur des lieux ferait bientôt faner et qui seraient assurément remplacées par les bons soins d'une servante de Dieu.

Elle tenta de trouver une position confortable sur la chaise rigide quand la religieuse, après avoir refermé la porte, vint prendre place derrière le bureau sur lequel s'empilaient des documents. Gaston se redressa légèrement sur sa chaise. Il n'avait pas l'air ravi du tout, comme si, d'un seul coup, il comprenait toute la signification de sa présence ici. Il fronçait les sourcils et, au coin de ses yeux, des pattes d'oie accentuaient son expression crispée.

Dans un geste mille fois répété, leur hôtesse sortit une feuille de papier blanc, attrapa une plume fichée dans un petit cube de verre, en trempa le bout dans l'encrier placé sur le coin du pupitre et, sans lever les yeux vers les nouveaux arrivants, commença à poser les questions qu'elle posait des dizaines de fois par jour depuis plus d'un an.

— Vos noms et prénoms…

— Heu… hésita Gaston en lançant un regard surpris vers Henriette qui ne savait que répondre.

— Noms et prénoms, réitéra la religieuse visiblement impatiente.

— Julien Garneau, laissa tomber Gaston. Et voici ma femme : Liliane Garneau.

— Vous êtes mariés depuis combien de temps ?

— Cinq ans, déclara Gaston.

— Pas d'enfants ?

— Non. C'est pour ça qu'on veut en adopter, continua Gaston.

— Que préférez-vous ? Fille ou garçon ? demanda-t-elle en les dévisageant de ses petits yeux, durs comme des noyaux d'olives.

Henriette se tourna vers Gaston, le temps de croiser son regard.

— Un garçon qui a entre six et huit ans. En bonne santé… bien entendu ! répondit-elle.

— Nous ne gardons que les enfants en bonne santé, mentale et physique, assura la préposée à l'adoption. Vous ne trouverez ici que des enfants qui reçoivent une instruction dès leur arrivée. Nous leur apprenons la discipline grâce à une vie réglée et basée sur les principes des Saintes Écritures. Nous leur faisons faire des prières, des études suivies de longues périodes de silence et de recueillement.

— Ne jouent-ils donc jamais ? osa Henriette qui avait les larmes aux yeux.

— Il y a quelques amusements en groupe pendant certaines journées précises. Mais ces enfants ne sont pas là pour s'amuser ou se reposer. Pas plus que les religieuses qui en prennent soin, d'ailleurs. Vous êtes ici dans un pensionnat et la vie d'un pensionnaire n'en est pas une d'amusements, précisa sa vis-à-vis en plongeant ses prunelles dans celles d'Henriette, qui baissa les yeux, gênée.

« Ils sont dans une prison, pas dans une pension », songea la mère de famille dont le cœur se serra en pensant à la vie de ces malheureux.

— Donc, vous souhaitez adopter un garçon d'environ six ou sept ans. Avez-vous d'autres préférences ? D'autres exigences ? demanda leur hôtesse sur un ton où perçait l'exaspération.

Gaston hésita et se tourna vers Henriette, qui le fixait en silence.

Devait-il mentionner le bec-de-lièvre ? La religieuse trouverait assurément bizarre qu'un couple veuille adopter un enfant avec un tel handicap.

— On s'est dit que c'est en voyant l'enfant qu'on aurait un coup de cœur. Si c'est possible, bien entendu, répondit Gaston.

Il chercha l'approbation d'Henriette, qui se mêla au jeu à contrecœur et acquiesça en silence.

— Dans ce cas… dit la bonne sœur en replaçant la plume dans l'encrier et en se levant. Suivez-moi.

Elle les précéda vers la porte qu'elle ouvrit d'un geste brusque. Elle s'engagea à pas rapides dans le corridor, tourna à gauche, puis à droite, descendit un escalier, puis un autre, Gaston et Henriette trottinant sur ses talons. Au bas du dernier escalier, un murmure grandissant, pareil au bourdonnement d'une ruche, leur parvint. La religieuse ouvrit une première porte, traversa ce qui ressemblait à une antichambre, ouvrit une seconde porte et les invita à pénétrer dans une vaste pièce où étaient rassemblés des centaines d'enfants.

Sur un coup de claquette venu de nulle part, tous les enfants se turent en même temps. Ils coururent se placer en rang d'oignons, les plus petits aidés des religieuses qui jetaient des regards sévères à ceux et celles qui s'agitaient.

— Mon Dieu ! Il y en a tellement ! souffla Henriette en posant sa main sur sa poitrine.

— Nous en hébergeons plus de deux cents, commenta la religieuse.

— Comment peut-on choisir d'un seul coup d'œil ? demanda Gaston qui comprit que la tâche de retrouver les enfants d'Estelle serait beaucoup plus ardue qu'il ne l'avait envisagé.

La religieuse fit signe à l'une de ses consœurs de faire avancer une première rangée.

La nonne obtempéra et, d'une poussée dans le dos de la fillette en tête, lui intima de se diriger vers le centre de la pièce. Pareils à des petits soldats, les autres la suivirent dans un ordre parfait, formant une file d'une dizaine enfants qui, une fois devant Gaston et Henriette, s'immobilisèrent et leur firent face.

Ce n'était pas la première fois que ces enfants paradaient ainsi. C'était un défilé auquel ils étaient habitués et chacun connaissait son rôle. C'était un exercice qui se répétait plusieurs fois par jour et auquel ils se soumettaient avec espoir de trouver, enfin, quelqu'un à qui ils plairaient et qui les emmènerait loin de cet orphelinat. Les consignes étaient claires : ils devaient regarder devant eux, sans fixer les visiteurs dans les yeux, en adoptant une attitude soumise, mais en gardant le dos bien droit et les bras le long du corps.

Henriette chercha parmi ces frimousses levées vers eux le signe physique qui aurait prouvé la présence du fils d'Estelle.

À ses côtés, Gaston fixait d'un air hébété cette ligne d'enfants, cherchant lui aussi le garçon au bec-de-lièvre.

— Il n'est pas là, confia-t-il tout bas à sa sœur.

Henriette confirma d'un signe de tête discret qu'elle ne le voyait pas non plus.

— Alors ? s'impatienta encore la religieuse.

— C'est impossible de choisir si vite… commença Gaston.

— Comprenez-vous maintenant qu'il est préférable que vous ayez une idée plus précise de l'enfant que vous désirez adopter ? coupa-t-elle, impérative. Il faut d'abord remplir le questionnaire.

Comme un écolier grondé par son institutrice, Gaston baissa la tête.

— Je comprends, approuva-t-il, penaud.

L'idée de rentrer bredouille le mit en colère. Il aurait préféré cent fois que toute cette histoire se règle rapidement. À combien de congrégations devraient-ils s'adresser dorénavant ? Combien d'orphelinats devraient-ils visiter pour trouver cet enfant ? Jamais Gaston n'aurait cru qu'il serait si difficile d'accomplir cette mission. Il se dit que s'il y avait quelqu'un pour la mener à bien, ce ne serait assurément pas lui.

Déçus, le frère et la sœur quittèrent l'orphelinat sans échanger un mot.

Chapitre 11

Les retrouvailles

Le trajet de retour fut un supplice pour Henriette, que Gaston avait abandonnée au coin de la rue, son billet de tramway dans une main et dans l'autre son mouchoir de coton brodé chiffonné et humide des larmes qu'elle n'avait de cesse d'essuyer. Sa peine était immense. Son désarroi tout autant…

Le frère et la sœur s'étaient quittés, découragés par l'ampleur de la tâche à accomplir et, malgré la tentation de laisser Estelle se débrouiller avec cette affaire, leur sens du devoir leur commandait le contraire.

— On va prendre le temps, l'avait rassurée Gaston alors qu'ils approchaient du débarcadère où s'arrêtait le tramway qui prendrait ensuite la direction vers le terminus d'autocar.

Tout au long du parcours, Henriette ressassa les images de ces pauvres enfants, qu'elle comparait à des prisonniers. Impatiente de rentrer à la maison, elle jeta un œil à sa montre. Il était quinze heures quarante-cinq.

—J'espère que je raterai pas l'autobus... s'inquiéta-t-elle.

À l'idée de refaire le voyage en sens inverse, elle fut saisie d'un vertige. Comme elle avait hâte que cette journée finisse ! Qu'elle puisse se retrouver dans la quiétude de son foyer, entourée de ses enfants, auprès de son mari ! Elle regrettait de ne pas avoir suivi le conseil de Fernand et de ne pas avoir requis les services de Pierre Chenevert.

Elle en était là de ses songeries quand le tramway arriva enfin à destination. Suivant les autres usagers, elle sortit du wagon et se dirigea vers le carrefour formé par les rues de Montigny et Saint-Christophe. C'était à cet endroit que la Compagnie de transport provincial accueillait les autocars depuis deux ans, à la suite de la destruction du terminus sis à l'angle des rues Dorchester et Drummond pour les travaux d'élargissement de la rue Dorchester.

Elle n'avait pas fait cent pas que le klaxon d'une voiture stationnée non loin lui fit lever la tête. Henriette s'arrêta net et écarquilla les yeux de surprise à la vue de la voiture bleue qu'elle aurait reconnue entre mille. Ross Miles en surgit et se dressa derrière la portière à demi ouverte. Le moteur tournait toujours. Il lui fit un signe de la main, l'invitant à venir le rejoindre.

Henriette hésita quelques secondes et regarda la foule massée le long du trottoir dont les premiers arrivants s'engouffraient dans le car déjà bondé. C'était l'heure où plusieurs travailleurs et travailleuses sortaient des commerces avoisinants. Elle osa un second regard vers sa montre sur le cadran de laquelle les aiguilles affichaient quinze heures cinquante-huit. Plus que deux minutes pour acheter son billet et prendre place dans l'autocar avant que ce dernier ne referme ses portes !

Elle reporta son attention vers celui qui l'attendait, toujours appuyé nonchalamment contre le châssis de sa voiture dont l'élégance attirait le regard des badauds.

Sans plus d'hésitation, Henriette lui indiqua de l'attendre et se dirigea vers l'intersection la plus proche où elle pourrait traverser la rue en toute sécurité. Quelques secondes plus tard, elle s'arrêta sur le trottoir, à côté de la Studebacker bleu pâle.

— Bonjour. Quelle coïncidence ! Je n'aurais jamais pensé vous voir ici. Vous venez souvent à Montréal ? demanda-t-il.

— Pas souvent, non. C'est exceptionnel. Je suis venue rendre visite à mon frère.

— Il n'est pas souffrant, j'espère…

— Non, pas du tout. Nous avions quelqu'un à rencontrer.

Henriette se trouva idiote de raconter tout ça. Le départ de l'autocar, non loin, détourna un moment son attention.

— L'autobus s'en va… murmura-t-elle.

— Vous retournez à Saint-Pie ?

— Oui… Et vous ? Allez-vous à Saint-Pie ? osa-t-elle.

— Oui, j'ai terminé les courses que j'avais à faire en ville.

Henriette porta une main à sa poitrine où son cœur battait de plus en plus vite.

— J'ai raté l'autobus et j'ai eu peur que vous restiez à Montréal. Oh ! Mais… excusez-moi, vous ne m'avez même pas invitée à…

— J'allais justement le faire… s'empressa-t-il de la rassurer.

Henriette soupira d'aise et lui sourit timidement.

— Je suis vraiment fatiguée et j'ai très hâte de rentrer à la maison, confessa-t-elle.

— Dans ce cas, permettez-moi de vous raccompagner jusque chez vous.

— Je sais que ce n'est pas très…

— … convenable ? termina-t-il.

— Je suis une femme mariée… se justifia-t-elle.

— Et moi un homme marié. Ne vous inquiétez pas, ici, il n'y a ici personne qui nous connaît ! ajouta-t-il en balayant les environs d'un mouvement du bras.

Henriette sourit.

— Alors, je vous raccompagne ?

— Oui, accepta-t-elle aussitôt.

Henriette s'empressa d'ouvrir la portière, évitant que le galant ne vienne le faire à sa place. Elle s'engouffra dans la voiture, posa son sac à main sur ses genoux, referma la portière d'un geste vif, joignit ses mains sur le sac et attendit, le regard fixé sur la rue devant elle.

Ross Miles s'installa derrière le volant et démarra. La voiture s'engagea aussitôt dans la rue Saint-Christophe qui, il le savait, le mènerait au pont Jacques-Cartier.

*

Plusieurs minutes s'écoulèrent dans le silence le plus complet. Ils demeuraient figés dans l'intimité fugace de l'étroit habitacle. Le chauffeur se concentrait davantage sur la conduite dans les rues étroites et encombrées de piétons, de cyclistes, de camions de livraison, d'autobus, de tramways et d'automobiles.

Tout autour, le paysage urbain se composait d'immeubles de trois ou quatre étages, certains entourés d'arbres maigrelets mal assurés dans leur terreau. Rien de comparable aux épinettes et aux érables majestueux qui poussaient à la campagne.

De son côté, Henriette bénissait le ciel de ne pas avoir à entretenir une conversation avec celui qui créait en elle un mélange de malaise et de désir. Elle choisit de se concentrer sur les décors des maisons, des vitrines des multiples commerces de la rue Papineau, s'émerveilla de la structure de ce pont croche dont son beau-frère Rosario s'était plu à lui raconter l'histoire la première fois qu'il l'avait conduite à l'oratoire:

«Pendant sa construction, les architectes et les ingénieurs ont dû se conformer à l'orientation des cours de l'eau de chaque côté de l'île Sainte-Hélène et placer les piliers perpendiculaires au courant.»

Rosario avait bien ri en racontant qu'une autre courbe avait été nécessaire à partir de la travée centrale et de l'approche nord qui s'étendait jusqu'à sept cents mètres dans le quartier Sainte-Marie.

«Tout ça à cause du propriétaire de la savonnerie Barsalou, sur l'avenue De Lorimier, qui demandait un prix trop élevé pour ses terrains», avait-il ajouté en riant.

Henriette lui avait fait remarquer que ce n'était pas chose facile que d'accepter de se faire exproprier.

«Ç'a pas empêché la ville de détruire une dizaine de maisons et de petites boutiques pour ouvrir la rue de Bordeaux jusqu'à la rue La Fontaine. À cause du bonhomme Craig, y a une courbe dangereuse où il y a eu plein d'accidents mortels», avait-il rétorqué.

— Votre mari va bien ? Et votre fils aussi ? demanda soudain Ross, rompant le silence quelque peu accablant.

— Oui. Ils vont bien tous les deux. Nicole et Bernadette aussi, précisa-t-elle.

— Je ne savais pas que vous aviez eu d'autres enfants.

— Deux en quatre ans, c'est pas un gros record… selon le curé, du moins, ironisa sa passagère en esquissant un sourire las.

Ross la fixa un moment.

— J'aime vous voir sourire, dit-il d'une voix grave.

Henriette se figea, gênée du regard posé sur elle.

— Votre mari est un homme comblé, continua-t-il en reportant son attention sur la route devant lui.

— Et moi, une femme comblée, mentit-elle, mais néanmoins désireuse de lui faire comprendre qu'elle était une épouse fidèle.

À nouveau, le silence se fit oppressant.

Ross Miles en profita pour allonger sa main, s'emparer de son paquet de cigarettes qu'il tint prisonnier avec sa main droite pendant qu'il en retirait une de la main gauche.

Henriette observa à la dérobée ses mains, leur peau pâle striée de veines bleutées qu'aucune verrue ne déformait plus désormais. Elle se rappela le soir où il était venu quêter l'aide de Fernand. Un court instant, la jeune femme admira la finesse des doigts, l'élégance du geste quand il porta la cigarette à ses lèvres surmontées d'une fine moustache. La saveur du baiser volé jaillit en elle comme un feu d'artifice. Elle tourna vivement la tête vers la droite afin de cacher son malaise grandissant.

— Ça ne vous dérange pas si je fume ? demanda-t-il.

— Vous êtes dans votre voiture. Vous faites ce que vous voulez, répondit Henriette, sans le regarder.

— Vous ne me demandez pas pourquoi et depuis quand je suis de retour à Saint-Pie ?

— Pourquoi et depuis quand ? obéit-elle.

— Environ un mois. Monsieur Dufresne m'a invité pour donner des cours au Moulin des Arts. Je n'ai pas pu refuser. D'autant plus qu'il m'offre la chance de demeurer dans l'atelier jusqu'en février prochain. Il y a installé le chauffage le printemps dernier. Je compte en profiter pour peindre des scènes d'hiver. C'est si beau, tout ce blanc…

Il aspira longuement la fumée avant de la rejeter lentement par la bouche. Un halo diaphane entourait son visage au moment où Henriette l'observa en silence.

À la seule pensée de pouvoir le croiser tous les jours dans les rues du village, la jeune femme sentit une épée de Damoclès planer au-dessus de sa tête. Comment pourrait-elle faire semblant de ne pas le voir ? Son désir, à peine enfoui, resurgirait-il, plus fort, plus ardent qu'avant ?

Henriette se rappela les fantasmes qui peuplaient ses rêves de femme esseulée et elle eut peur.

— Votre femme ne vous accompagne jamais quand vous venez à Montréal ? demanda-t-elle pour chasser ces idées.

— Elle m'a accompagné la première fois que j'ai été invité par Homer, répondit-il. Elle voulait en profiter pour aller à l'oratoire Saint-Joseph.

— J'y suis allée aussi. Deux fois, dit-elle, contente de trouver un sujet de conversation anodin.

— Des faveurs à demander ?

— Bien sûr ! On en a tous ! Et puis saint Joseph est mon saint préféré. J'ai aussi une très grande confiance dans le frère André.

Ross laissa fuser un petit rire amusé.

— Qu'est-ce qui vous fait rire ? s'insurgea-t-elle, piquée dans sa fierté de croyante.

— C'est bizarre, vous ne trouvez pas, cette dévotion à un petit frère maigrelet et malade ?

— Il a accompli des miracles ! répliqua-t-elle, offusquée qu'on tourne en ridicule ce saint homme.

— C'est ce qu'on dit, je vous l'accorde. Mais vous... En avez-vous déjà été témoin vous-même ? Avez-vous vu un handicapé jeter ses béquilles au loin et marcher sans aide ?

— La foi, c'est aussi croire sans voir, riposta-t-elle.

— Alors j'avoue ne pas avoir la foi. En tout cas, pas dans les histoires que racontent vos curés en chaire.

— Vous n'êtes assurément pas catholique…

— En effet ! coupa-t-il. Je suis protestant et fier de l'être. Ne serait-ce que pour la liberté qu'ont nos pasteurs à se marier et à fonder une famille. Ils sont ainsi beaucoup plus compréhensifs et proches de leurs fidèles que ne le seront jamais vos prêtres hypocrites…

— Vous accusez sans savoir… coupa-t-elle à son tour.

— Je ne dis rien d'autre que la vérité et vous le savez très bien. À moins que, comme ma femme Eleonore, et toutes les femmes d'ailleurs, vous ne vouliez pas voir les choses telles qu'elles sont, décréta-t-il en plongeant son regard malicieux dans celui d'Henriette, qui l'affronta ouvertement.

— Je ne suis pas aussi naïve et soumise que vous semblez le croire, laissa-t-elle tomber, les doigts crispés sur son sac à main.

Ross savait qu'il était allé trop loin. Lui qui ne voulait que l'amadouer cumulait les maladresses et cette rencontre n'aboutissait qu'à une confrontation malsaine qui mettait Henriette sur la défensive encore plus qu'avant.

« Je suis un imbécile », se réprimanda-t-il intérieurement en reportant son attention sur la route.

« Un goujat ! Voilà ce qu'il est ! », se convainquait de son côté Henriette, heureuse que son attirance pour lui se muât en antipathie.

Le ronronnement régulier du moteur remplit le silence qui s'étira une nouvelle fois entre eux.

Henriette regardait défiler les champs couverts de maïs, de blé, de sarrasin et d'orge que les cultivateurs récolteraient bientôt. Elle était pressée d'arriver à destination et regretta pour la seconde fois d'avoir accepté de monter dans cette voiture. Elle songea à Fernand qui devait être en train de préparer le souper pour les enfants. Une bouffée de tendresse pour cet homme bon et respectueux la submergea, et elle ferma les yeux sous la douceur du sentiment qui l'habitait.

Ross la vit ainsi et la trouva auréolée d'une beauté sans pareille. Le souvenir de la toile la représentant vêtue d'une robe d'un blanc immaculé, qu'il avait peinte la nuit même où il l'avait surprise étendue sur la couverture, alors qu'il l'épiait, raviva le désir qui le harcelait. Il aurait voulu lui dire l'amour qu'il éprouvait toujours pour elle. Le désir fou qui l'enflammait, la nuit, quand le sommeil le désertait. L'appel de son sexe qu'il soulageait en solitaire en pensant à elle.

Comme si elle avait senti son désir, la jeune femme rouvrit les yeux. Leurs regards se croisèrent. Henriette y vit le même feu, la même attente que quand il l'avait surprise, le dernier jour où elle avait posé pour lui.

Une onde de chaleur la parcourut. Douce et chargée de regrets…

— On est presque arrivés, déclara soudain Ross Miles en empruntant la rue Saint-François.

— Vous pouvez me laisser au coin de la rue Roy. Je vais faire le reste à pied.

— Je peux très bien vous déposer à la porte de votre maison.

— J'aime mieux pas. Il y a tellement de commères au village… répondit Henriette.

— Comme vous voudrez, soupira Ross en garant sa voiture.

— Merci beaucoup, lança Henriette en sortant du véhicule aussi vite qu'elle put.

Une fois la portière refermée, elle se sauva au pas de course sur le trottoir, troublée au plus haut point.

Ross la suivit des yeux jusqu'à ce qu'elle disparaisse au tournant de la rue Papineau. Il prit son temps, alluma une nouvelle cigarette avant d'actionner le mécanisme d'embrayage de la Studebaker. Il fit demi-tour avant de s'engager dans la rue Roy en direction du Moulin des Arts, pour y retrouver la quiétude de son atelier.

Du moins l'espérait-il…

Chapitre 12

La mise en garde

L'Américain venait à peine d'endosser son sarrau couvert de taches multicolores quand Homer Dufresne frappa à la porte de l'atelier. Deux pinceaux coincés entre ses doigts, l'artiste alla ouvrir.

— Monsieur Dufresne ! Quelle belle visite ! l'accueillit-il.

— Appelez-moi Homer…

— J'ai bien essayé, mais la politesse m'oblige à…

— Allons donc ! Depuis le temps que nous nous connaissons…

— Alors va pour Homer, consentit Ross Miles en souriant.

Le peintre regarda le propriétaire des lieux refermer la porte doucement et s'avancer dans la pièce, de son pas glissant.

Depuis cinq ans, l'homme avait à peine vieilli. Son aisance financière se traduisait par des vêtements taillés sur mesure, mais aussi par une chevalière à son annulaire droit, une montre-bracelet de belle qualité ainsi que par des chaussures haut de gamme. Ross envia cet homme choyé par la vie. Il aurait aimé posséder un site semblable au Moulin des Arts et pouvoir en faire un lieu encore plus proche de sa vision de l'art. Un lieu libre. Pour des artistes libres. Un art qui évoluerait loin des diktats de l'Église, de sa censure et de ses interdits.

— Le facteur a livré ça pour vous, ce matin, annonça Homer en lui tendant une lettre.

Ross s'en empara et vit que le timbre avait été oblitéré en Virginie.

— C'est une lettre de ma femme, dit-il.

Il mit les pinceaux dans la poche de son sarrau. Les peintures jaunes et orange qui maculaient leurs extrémités tracèrent de fines lignes colorées sur le tissu déjà barbouillé. D'un geste de la main, il invita Homer à s'asseoir.

Dufresne refusa, la curiosité le poussant plutôt à s'approcher du chevalet sur lequel attendait une toile.

Ross décacheta l'enveloppe et déplia la feuille de papier rose, ornée d'arabesques sur ses contours. Il reconnut aussitôt l'écriture fine et élancée d'Eleonore, tout comme le parfum, savant mélange d'essences de rose et de vanille, dont elle aspergeait toujours son courrier.

Cher Ross,

J'espère que tu vas bien. Ici les jours sont tous pareils et je m'ennuie.

Depuis que tu es parti, je me questionne sur l'avenir de notre couple. Tes fuites, parce que tes séjours loin de la maison ne sont qu'une manière déguisée de me fuir, me sont devenues insupportables. Il est temps que nous prenions une décision sérieuse. Je n'en peux plus de me questionner sans arrêt. On ne peut plus faire semblant d'être mariés et heureux. Moi, en tout cas, je n'en suis plus capable. Malgré l'affection que j'ai pour toi, le grand vide creusé par ton dernier départ me torture et je ne veux pas perdre le temps qu'il me reste comme une Pénélope attendant le retour d'Ulysse.

J'ai parlé au père MacNeill au sujet de mon désir d'adopter un enfant. Il m'a déconseillé de le faire, vu mon âge. Quarante ans, c'est déjà vieux, tu ne trouves pas ?

Je suis trop vieille pour toi aussi, je le crains. Cinq ans ton aînée… Je ne vis plus au même rythme que toi. Ta passion pour ton art, tes absences prolongées, ton goût de vivre d'autres expériences, tout cela nous sépare de plus en plus.

Ma décision est prise. Je demande le divorce. Mon avocat m'a dit que ce sera facile. Tu n'auras qu'à avouer toutes tes infidélités… Tes adultères…

Je te souhaite de trouver ce que tu cherches dans ce petit village dont tu m'as si souvent parlé et qui est devenu ton refuge.

Eleonore

Cette nouvelle fit sur Ross l'effet d'une douche froide et il chancela. Il était enfin libre…

— Vous êtes tout pâle, remarqua son visiteur qui se tenait près de la fenêtre, les bras croisés derrière son dos, devant la toile en équilibre sur le chevalet. Pas une mauvaise nouvelle, j'espère ?

— Non… Une bonne, plutôt ! se ressaisit Ross en repliant la lettre et en la remettant dans l'enveloppe qu'il garda dans son poing fermé.

— Tant mieux, tant mieux !

Dufresne balaya la petite pièce du regard. Partout il ne voyait que vêtements, journaux, chaussures, livres et autres objets éparpillés dans un fouillis total.

— Je dirai à Mariette, ma femme de ménage, de venir faire un petit tour dans votre atelier. Si vous n'y voyez pas d'inconvénients, bien entendu…

— Je vous remercie, mais ne vous donnez pas cette peine, je vous en prie. Je peux faire le ménage moi-même, répondit le peintre.

Homer Dufresne hocha la tête et reporta son attention sur la toile.

— Une bien belle femme, murmura-t-il. Son visage me rappelle quelqu'un…

— C'est madame Dupré, la femme de…

— Fernand Dupré ! coupa Homer. Oui, bien sûr ! Je la reconnais ! Elle a posé pour vous, dernièrement ?

— À vrai dire, j'ai peint cette toile de mémoire, avoua Ross Miles en allant se placer près de celui qui admirait l'évanescence du tissu de la robe tranchant sur le vert tendre du gazon.

— Vous comptez lui offrir cette toile en cadeau ?

— Je ne crois pas, non…

— La vendre ?

— Euh… Je ne sais pas encore…

Homer Dufresne fit claquer sa langue, comme il le faisait chaque fois qu'un questionnement tiraillait son esprit. Il enfouit les mains dans les poches de son pantalon parfaitement coupé, comme tous ses vêtements qu'il faisait confectionner sur mesure par un tailleur de la rue des Cascades, à Saint-Hyacinthe. Il pivota d'un quart de tour et fixa d'un œil maussade le visage de l'artiste.

— Je ne voudrais pas m'immiscer dans votre vie privée, Ross, mais, à votre place, je ferais attention. Fernand Dupré est l'un de mes meilleurs employés. C'est un homme de convictions, dont la loyauté et l'intégrité font l'unanimité auprès des gens de ce village. Ils ont de la considération pour ce père de famille et ce mari dévoué et engagé. Bien mal venu celui qui entacherait, de près ou de loin, sa réputation ou celle de sa femme. Est-ce que vous me comprenez bien ?

Le ton était sec, froid.

— Oui… je comprends très bien, souffla Ross en baissant les yeux.

— Parfait.

Homer Dufresne se dirigea vers la sortie sans se retourner.

— Ma femme de ménage sera ici demain matin, lança-t-il en franchissant le seuil de la petite maison.

Contrarié par cette mise en garde où pointait un jugement certain, Ross laissa déferler sa colère sur la lettre, la déchirant en mille morceaux qu'il laissa tomber à ses pieds. Comme autant de flocons blancs et roses, les minuscules papiers voletèrent un moment avant de choir sur le sol. L'artiste attrapa ensuite le premier objet qui se trouva à sa portée et le lança de toutes ses forces à travers la pièce. La statuette de porcelaine représentant une naïade appuyée contre un arbre éclata sur le mur en face de lui.

Cette liberté qu'il convoitait depuis si longtemps et qu'Eleonore lui offrait sur un plateau d'argent le réjouissait et l'insécurisait tout à la fois. Qu'adviendrait-il de la maison ? De leurs économies ? Que lui resterait-il après avoir payé les multiples dettes contractées depuis quelques années ? Où vivrait-il ? Resterait-il en Virginie ? Viendrait-il s'installer au Canada ? Voulait-il vraiment retourner vivre dans un pays où il ne trouvait plus une raison d'être ?

Ross se rappela le déclenchement des hostilités avec la Corée, en juin 1950, les prix qui avaient augmenté de dix pour cent, le souvenir du rationnement de la Deuxième Guerre qui avait poussé les Américains à se ruer pour acheter du sucre, de l'huile, des conserves de toutes sortes ainsi que des produits de nettoyage. Certains avaient même pris d'assaut des magasins de meubles, de literie, d'appareils électroménagers, craignant un rationnement. La grève des travailleurs de l'acier, entamée le 9 avril précédent, n'avait fait qu'accroître le pouvoir du président Harry Truman, ennemi juré des communistes de tout acabit.

La guerre froide…

L'économie de son pays en dépendait désormais plus que jamais. Les armes, le pétrole, la recherche constante des ressources premières et toutes les actions qui en découlaient étaient bien entendu chapeautés par les grandes compagnies, qui en tiraient de faramineux profits. On incitait les Américains à se battre pour la paix.

— *Si vis pacem para bellum*… monologua-t-il.

Ross Miles, comme beaucoup de ses concitoyens, avait été appelé sous les drapeaux en 1944. Il avait pu s'en dispenser grâce à son mariage avec Eleonore, dont le père, un homme d'affaires prospère, avait de bonnes relations avec le gouverneur de la Virginie.

À la pensée de son mariage forcé, une douleur soudaine lui vrilla les tempes et il y posa les doigts.

—Je ne l'ai jamais vraiment aimée, soliloqua-t-il encore.

Malgré le soulagement de se savoir désormais dégagé de cette union qui lui empoisonnait la vie, Ross se butait à l'impossible : il ne posséderait jamais Henriette Dupré.

Cette seule réflexion lui fit mal jusqu'à l'âme. Il posa une main sur sa poitrine, où son cœur se serrait, et maudit le jour où le destin capricieux avait placé cette femme sur sa route. Ses jambes fléchirent et il tomba à genoux sur le sol, son torse puissant secoué par des sanglots. Jamais encore il n'avait autant souffert d'amour…

Plusieurs minutes s'écoulèrent ainsi.

Dans le ciel alourdi, le soleil se teintait de rouge autour des effilochures bigarrées d'un nuage solitaire.

Désemparé, Ross se releva avec lenteur, marcha vers une table sur laquelle se dressait une bouteille de scotch à moitié pleine. Il dévissa le bouchon et enfila une première rasade. L'alcool le réchauffa. Il en but une deuxième, puis une troisième avant d'essuyer sa bouche d'un geste vif.

La bouteille de scotch presque vide toujours prisonnière de sa main droite, il sortit de l'atelier d'un pas chancelant et s'engagea d'abord dans un sentier gravillonné qui crissa sous ses pieds. Il emprunta ensuite un chemin en pente raide. L'odeur de l'herbe fraîchement fauchée embaumait la campagne endormie. Le peintre se dirigea comme un automate vers le bord de la rivière, ses pas mordant la terre molle. Il se laissa enfin choir sur l'herbe humide, déposa la bouteille à ses côtés, fouilla dans la poche de son sarrau, y trouva son paquet de cigarettes et s'en alluma une. Il aspira longuement la fumée avant de la rejeter par les narines, tel un dragon qui aurait craché son dernier souffle.

—Je la posséderai… dit-il d'abord tout bas avant d'attraper la bouteille et d'enfiler une dernière rasade.

L'alcool engourdit à peine ce mal qui le rongeait jusqu'à l'âme. Un court vertige, dans lequel s'inscrivirent d'infimes fragments d'un bonheur possible, le surprit.

—Je saurai me faire aimer de toi, Henriette Dupré… se promit-il dans la pénombre qui s'installait doucement.

Provenant du bas de la pente menant à l'eau, là où des colonies de grenouilles avaient élu domicile pour l'été, montèrent des coassements joyeux qui accompagnèrent sa promesse.

Chapitre 13

La révolte

La visite de Fernand au chevet de Kildare se déroula comme dans un cauchemar.

Dès son arrivée dans la chambre d'hôpital, le beige des murs lui avait rappelé sa courte visite à Clara, la mère d'Henriette, qu'il n'avait pas eu la chance de connaître bien longtemps. Une toile tendue à moitié devant la fenêtre diffusait une lumière blanche qui éclairait le linoléum ciré. Dans le lit aux draps froissés, le spectacle de la silhouette famélique de l'homme au teint jaune, à la tête chenue, à la bouche ouverte de laquelle s'échappait un sifflement lugubre, le fit frissonner jusqu'à la moelle.

Fernand enleva ses gants, les roula en boule avant de les mettre dans sa poche. Il accrocha son chapeau à une patère installée dans le coin de la chambre. La main tendue de son frère Rosario, assis au chevet du mourant, l'invita à s'approcher.

Le cadet obéit promptement, cherchant un signe de vie sur le visage impassible de celui avec qui il avait passé de merveilleuses années avant que la guerre ne vienne tout changer.

— Merci d'être venu aussi vite, chuchota son frère aîné.

— J'étais quand même pas pour te laisser tout seul.

Fernand s'approcha davantage du lit au-dessus duquel il se pencha. Une forte odeur le prit aux narines et il recula en posant une main sur son nez.

— Je devais pas sentir trop bon, moi non plus, après mon accident, quand t'es venu me voir à l'hôpital, ironisa Rosario qui n'avait rien perdu du malaise de son jeune frère.

Fernand esquissa un sourire las et se rapprocha du lit.

— Est-ce qu'il t'a parlé ?

— Il a pas ouvert les yeux depuis mon arrivée, dit Rosario en se relevant avec peine de la petite chaise basse.

Fernand s'empressa vers lui.

— Appuie-toi sur mon bras.

— Mon mal de dos va en empirant, se plaignit Rosario en portant une main à ses reins.

— As-tu mangé ?

— Pas encore… J'avoue que j'ai pas ben faim ces jours-ci… répondit celui à qui une dépression latente enlevait tout plaisir.

Il aurait bien aimé confier ses craintes et ses déboires à Fernand, mais il préféra se taire. Ce n'était ni le moment ni l'endroit.

—Je vais aller marcher un peu et en profiter pour aller aux toilettes.

— Prends tout le temps qu'il te faut. Je suis là.

Fernand comprit soudain qu'il ne quitterait cette pièce que lorsque Kildare aurait poussé son dernier soupir. Un malaise le surprit et il porta une main à son front couvert de sueur.

— Papa… Papa… C'est moi, dit-il tout bas.

Kildare ouvrit les yeux. En surgit aussitôt une étincelle, brève lumière, qui se fit plus vive alors que sa respiration se faisait plus courte et difficile.

— Fernand… bredouilla-t-il en tendant vers ce fils chéri une main tremblante.

Le fils s'en empara et la tint serrée dans la sienne.

—Je vais mourir, mon gars…

— Vous allez rejoindre maman au Ciel. Je suis sûr qu'elle sera contente de vous recevoir là-haut. Elle vous attend depuis un bout de temps déjà.

Un rictus déforma la bouche de Kildare.

—J'espère juste que c'est au Ciel qu'on m'envoie… Après ce que je t'ai fait…

— Vous m'avez rien fait, l'interrompit Fernand.

—Je t'ai déshérité de la ferme. J'aurais pas dû faire ça. Pas dû…

— Ce qui est fait est fait. On peut plus revenir là-dessus.

— Me pardonneras-tu ?

— Je vous ai pardonné depuis longtemps, arrêtez de vous en faire avec ça.

Fernand accentua la pression sur les doigts du vieil homme qui referma les paupières au moment même où un aumônier entrait en coup de vent dans la chambre.

— C'est ici, le mourant ? demanda celui-ci.

— Oui, répondit Fernand en reposant la main de son père sur le drap.

— Je dois lui administrer l'extrême-onction.

Le prêtre se posta de l'autre côté du lit, déposa une fiole remplie d'huile bénite sur la table de chevet, replaça son étole sur son surplis de coton empesé garni de dentelles fines et la barrette sur sa tête. Il oignit d'abord le front du mourant avec l'huile en marmonnant les prières sacramentelles. De la poche de sa soutane, il retira ensuite un petit écrin qu'il ouvrit d'une pression du pouce. Il en sortit une hostie qu'il bénit d'un geste rapide. Il la tendit quelques secondes vers le ciel en marmonnant des prières incompréhensibles avant de la mettre dans la bouche ouverte de Kildare.

Surpris dans sa demi-conscience, Kildare hoqueta d'abord puis, dans un sursaut de survie, recracha l'hostie. Il ouvrit les yeux et fustigea du regard celui qui l'obligeait à recevoir l'eucharistie.

À la vue des lèvres pincées de Kildare, Fernand se souvint que son père avait renoncé à la communion depuis la mort de sa chère Adèle.

Sans se préoccuper du regard posé sur lui, le prêtre tenta à nouveau de mettre l'hostie entre les lèvres du mourant. Kildare tourna la tête de côté, cherchant à se soustraire à ce supplice. Les doigts du prêtre impatient agrippèrent le menton du vieillard. N'en pouvant plus d'assister à cet acharnement, Fernand attrapa le poignet de l'aumônier et le serra de toutes ses forces, obligeant l'officiant à lâcher le menton de Kildare.

— ÇA VA FAIRE ! rugit-il.

Au même moment, Rosario entra dans la chambre.

— Qu'est-ce qui se passe ici ?

— Si mon père veut pas communier, c'est son affaire ! tonna Fernand.

Pour la troisième fois de sa vie, voilà que Fernand confrontait ouvertement un homme d'Église, qui représentait de plus en plus pour lui des valeurs d'une religion au pouvoir ostracisant.

— S'il refuse l'hostie, il ira droit en enfer ! s'exclama le prêtre.

— Le bon Dieu sait que c'est pas le refus de communier qui va l'envoyer en enfer, répliqua Fernand sans relâcher son étreinte.

— Je devrai faire un rapport à l'évêque, glapit son vis-à-vis en tentant de se soustraire à la poigne solide de son adversaire.

— Dites-lui donc aussi quelles sont vos méthodes révoltantes avec les pauvres mourants ! À moins que vous préfériez que ce soit moi qui lui en parle directement ?

Pareils aux serres d'un aigle entourant sa proie, les doigts de Fernand pressaient davantage le poignet du prêtre qui gémit :

— Vous me faites mal…

— Fernand… Calme-toi…

La voix de Rosario le ramena à la raison et le fils cadet de Kildare relâcha à regret son emprise.

L'aumônier en profita pour remettre en vitesse l'hostie souillée dans le coffret de métal. Il récupéra ses fioles et déguerpit sans demander son reste.

— J'espère qu'il défendra pas qu'on fasse des funérailles au père, s'inquiéta Rosario.

— Que je le voie faire ça ! cria Fernand en reportant son attention vers Kildare.

La tête du moribond reposait sur l'oreiller. Fernand remarqua le teint déjà cireux, mais surtout les lèvres entrouvertes. Il sembla y voir se dessiner un sourire… Venu de nulle part, un vent fit trembler la fenêtre de la chambre. Dehors, le soleil n'était plus qu'un éclat luisant au-dessus des toitures de la ville.

— Reçois-le entre tes bras, maman, pria Fernand avec ferveur.

Chapitre 14

La rupture

— Que les âmes des fidèles défunts reposent en paix par la miséricorde de Dieu…

— Ainsi soit-il.

Les funérailles de Kildare se terminaient sous une pluie drue de septembre.

Debout près de la fosse, Fernand priait en silence. Ses sœurs, Annette et Alma, avaient déjà quitté le cimetière pour la salle paroissiale, réquisitionnée pour y recevoir les parents et les amis autour de quelques sandwichs et crudités que les femmes avaient préparés. Rosario, qu'un mal de dos incommodait plus qu'à l'habitude, demeurait assis dans sa voiture garée dans l'allée centrale du cimetière. Adrien et sa femme Berthe se tenaient en retrait. Le troisième fils de Kildare cachait tant bien que mal l'immense peine dont la mort de son père l'affligeait.

Ernest n'était pas là. Et c'était mieux ainsi…

De la famille Camirand, personne n'avait daigné faire acte de présence.

Près d'Henriette, Nicole et Bernadette commençaient à trouver le temps long et n'arrêtaient pas de piétiner dans la boue. Maurice, lui, tenait son père par la main et fixait le trou béant où deux hommes avaient descendu le cercueil dans lequel reposait son grand-papa tant aimé. Il n'avait pas pleuré quand Fernand lui avait annoncé la mort de celui qui avait partagé ses jeux, le temps d'une convalescence. Il avait compris qu'il ne reverrait plus le large sourire un peu édenté de celui qu'il appelait affectueusement grand'pa Kilda, ni ses yeux moqueurs quand il lui disait le contraire de sa pensée, ni ses grandes mains qui lui agrippaient le bras pour y trouver appui.

— Nicole, reste tranquille ! gronda Henriette en serrant un peu plus fort le poignet de la fillette, qui se mit à pleurnicher.

Comprenant qu'elle ne réussirait pas à la contenir, Henriette préféra s'éloigner et ainsi laisser son mari faire ses derniers adieux à celui qu'il aimait tant. Elle retraita vers l'allée principale, qui menait au charnier où l'on mettait les corps, l'hiver, quand la terre était trop gelée pour les ensevelir. Lorsqu'elle en fut tout près, un mouvement attira son attention. Elle tourna la tête juste à temps pour apercevoir Ernest, caché derrière la structure de pierre, qui assistait de loin à la mise en terre de celui qui l'avait rayé de sa vie.

Elle crut le voir essuyer une larme et eut pitié de celui qui était devenu le paria de la famille. Au même moment, Fernand arrivait à ses côtés et aperçut Ernest à son tour. Les deux frères se toisèrent comme des fauves. Henriette remarqua les poings de Fernand qui se serraient, son souffle court et rapide, son regard fixe et déterminé. Elle craignit qu'il ne décide de régler ses comptes, une fois pour toutes, avec ce frère maudit.

— Les invités sont déjà en route vers la salle paroissiale... commença-t-elle.

— Vas-y ! Je vais te rejoindre dans une minute.

— Fernand... Laisse-toi pas embarquer dans le jeu d'Ernest. Il a toujours aimé ça, te provoquer. Encore aujourd'hui...

— Cette histoire-là, c'est entre moi pis lui, coupa-t-il.

— Arrangez-vous pas pour faire honte à tout le monde !

— Je ferai pas honte à personne, coupa-t-il encore, l'air buté.

— Ton père vient d'être enterré. Penses-tu qu'il apprécierait que...

— Justement ! Y serait le premier à aller lui dire ses quatre vérités, à ce maudit traître.

— Moi je pense que ton père lui a pardonné, tenta-t-elle de le raisonner.

Bernadette gigotait dans son carrosse et Nicole se dandinait sur un pied et sur l'autre.

— J'ai envie de pipi… se lamenta l'enfant.

— Faut qu'on y aille. Viens-t'en.

Cette fois, le ton d'Henriette était impératif.

Fernand fixa longuement Ernest d'un regard noir.

Henriette avait raison. Mieux valait quitter les lieux au plus vite. Sinon, il ne répondrait plus de ses paroles ni de ses actes.

Fernand se rendit soudain compte que même après toutes ces années, la seule présence de ce frère détesté faisait naître en lui une rage féroce. Il ne pouvait lui pardonner. Il était à l'origine de tous les malheurs qui avaient fondu sur lui depuis le jour où il avait remis les pieds dans la maison familiale après son exil. C'était de sa faute s'il n'avait pas pu vivre la vie qu'il souhaitait auprès de son père et de sa mère. Ce droit d'aînesse, il en avait usé et abusé au détriment des autres. Il le haïssait tellement. À en avoir mal.

« Papa, si t'étais là, tu verrais que je saurais me venger. Pour moi et pour toi aussi », songea-t-il, amer.

Il fixait toujours Ernest d'un regard d'épervier.

Si l'aîné de la famille Dupré semblait l'affronter sans vergogne, il dissimulait en fait derrière un masque cynique la peine et les remords qui le submergeaient.

À l'annonce de la mort de Kildare, Ernest avait été bouleversé plus qu'il ne l'aurait cru. Toutes ces années passées, remplies de méfiance et de rancune, avaient tracé une ligne devenue infranchissable entre sa famille et la sienne. Pourtant, hier encore, alors qu'il tenait son dernier-né dans ses bras, Ernest avait pris conscience que son fils ne connaîtrait jamais ce grand-père qu'il avait adulé dans son enfance.

Kildare…

— Tout ça, c'est la faute de la guerre… avait-il murmuré en déposant l'enfant dans son berceau.

En vieillissant, Ernest reconnaissait la valeur des petits gestes qui créaient cette appartenance à laquelle il ne saurait se soustraire désormais. Sa famille était devenue sa raison de vivre. Les quelques amis qu'il avait réussi à se gagner au fil des ans l'avaient vite laissé tomber. De sa belle-famille, vu la distance géographique, il ne recevait pas souvent de nouvelles. Ernest savait parfaitement que celle-ci n'avait pas accepté que leur fille épouse un homme beaucoup plus âgé qu'elle.

Ne lui restait plus que son clan.

Ernest était fier de sa fille et de ses trois fils, particulièrement son petit dernier, Robert, pour lequel il éprouvait une quasi-adoration.

«Je dois me faire vieux, je deviens mou...», s'était-il dit en sentant son cœur fondre au premier sourire de cet enfant.

Ce matin, des souvenirs heureux avaient resurgi de sa mémoire et porté ses pas jusqu'au cimetière. Il aurait aimé parler à Fernand et à Adrien. Surtout leur demander pardon. Mais quand son regard avait croisé les leurs, Ernest avait compris que la vieille rancune persistait. De toute façon, le moment était bien mal choisi pour tenter une réconciliation. Sa seule présence faisait remonter trop de souvenirs amers et, devant cette évidence, Ernest avait retraité sagement vers l'extrémité opposée du cimetière, derrière des pierres tombales hautes que voisinaient des bosquets d'ifs et de genévriers.

— Je gage qu'il ira même pas faire une petite prière sur la tombe du père, dit Adrien.

— C'est mieux d'même. De toute façon, entre lui et le père, c'était fini depuis longtemps, rappela Fernand en rebroussant chemin sur l'allée gravillonnée, son frère et sa belle-sœur à ses côtés.

La nouvelle Chevrolet noire de Rosario s'arrêta à leur hauteur et celui-ci abaissa la vitre.

— Embarquez-vous?

— Emmène-moi jusqu'à Henriette, lui demanda Fernand.

Les trois comparses s'engouffrèrent sans plus attendre dans l'automobile qui quitta le cimetière, tourna à droite et s'engagea à la vitesse d'une tortue dans la rue Saint-François.

— À cette vitesse-là, tout le monde sera parti avant qu'on arrive... taquina Adrien.

— Arrête de l'étriver ! le sermonna Berthe.

— Si t'étais à ma place, tu comprendrais que je maîtrise plus tellement mes mouvements et que je peux plus aller vite. Je suis rendu comme une vieille tortue, ironisa Rosario.

Cette réplique dérida Fernand. Il remercia le Ciel d'avoir deux frères aussi loyaux et adressa une prière à sa mère pour lui demander d'éloigner de lui celui qui faisait jaillir le pire de son être.

— Est-ce qu'Ernest sait que c'est toi l'exécuteur testamentaire, Fernand ? demanda Rosario.

Adrien ne lui laissa pas le temps de répondre :

— Ça doit ben ! Il sait toujours tout, s'écria-t-il. Maudite belette ! Je suis sûr qu'il va te donner du trouble, mon Fernand ! Surtout qu'il doit avoir besoin d'argent ! Comme d'habitude, le ciboire !

Berthe le poussa du coude en le foudroyant du regard.

— Sois donc un peu clément. Il a des enfants à nourrir, lui. Faut pas l'oublier.

Adrien prit cette réplique comme un reproche, mais se trouva quand même heureux de ne pas avoir de progéniture.

« La vie est bien faite, et tu fais partie des chanceux », susurra une petite voix au fond de lui.

Henriette était déjà devant le collège des frères du Sacré-Cœur. Maurice y était élève depuis maintenant deux ans. Elle marchait d'un pas vif, entraînant dans sa course Nicole dont l'envie devenait de plus en plus urgente. Dans son carrosse, Bernadette tendait les bras, désireuse de retrouver la liberté.

— Maurice, emmène ta sœur aux toilettes au plus vite, dit Henriette.

L'aîné de la famille s'exécuta et les deux enfants partirent à la course, main dans la main, en direction de la salle de réception dans laquelle s'engouffraient les invités.

Henriette jeta un coup d'œil par-dessus son épaule pour vérifier si Fernand s'était enfin décidé à venir la rejoindre. Elle vit alors la voiture de Rosario et, à son bord, Adrien, Berthe et Fernand qui riaient de bon cœur.

Henriette poussa un profond soupir de soulagement et se dirigea d'un pas léger vers la salle où les attendait le goûter.

*

— J'ai jamais vu autant de monde à des funérailles ! déclara Philippe Bissonnette en enfouissant un troisième sandwich aux œufs dans sa bouche.

— J'te dis qu'il est connu, le frère ! ajouta Adrien.

— Avec toutes les réunions de la commission scolaire, pis de la Caisse populaire, il en rencontre, du monde, affirma à son tour Rosario.

Fernand sourit, lui-même surpris de la présence des commissaires ainsi que de plusieurs employés de la manufacture. Homer Dufresne était venu, accompagné de sa femme et du peintre Ross Miles. Fernand les remercia de s'être déplacés pour rendre un dernier hommage à son défunt père. Il fut particulièrement surpris en voyant arriver Jean Locas, monsieur Gendron, Pierre Chenevert, Jean-Paul Hade et quelques autres membres de la Patente.

— Tous pour un et un pour tous, avait un jour déclaré Pierre Chenevert en citant la devise des trois mousquetaires, personnages célèbres du roman d'Alexandre Dumas publié quelque cent ans auparavant.

« Papa aurait été fier s'il avait su que je faisais partie de ce groupe », songea Fernand en écrasant une larme au coin de ses yeux.

Ses compagnons et ses compagnes de la chorale, qui avaient chanté pendant la cérémonie mortuaire, étaient aussi présents.

— Tu ferais pas partie d'une nouvelle association ? s'informa Philippe en essuyant sa moustache à laquelle s'accrochaient des miettes de pain.

L'haleine avinée de son ami ne surprit pas Fernand, qui connaissait le penchant de celui qui cumulait emploi après emploi, sans jamais être capable d'en conserver un régulier.

Fernand feignit l'innocence.

— De quelle association ?

— Henriette m'a parlé d'un groupe qui veut installer des bibliothèques dans toutes les écoles et même dans les villages de la région…

— C'est un projet qu'on a, le curé Vigneault et les commissaires…

— Avez-vous pensé aux sports ?

— Les sports ?

— Ouais… Des sports… Pour les gars et les hommes qui s'ennuient chez eux. Des équipes de hockey ou de baseball…

— Et pour les filles ? demanda Fernand.

— Quoi, les filles ? Elles ont déjà plein d'affaires pour s'amuser, comme la couture, le tricot, la cuisine…

— Mais pas de sports… interrompit Fernand, qui n'avait jamais imaginé Philippe aussi rétrograde.

— Pas le hockey ni le baseball en tout cas.

— Pourquoi pas ?

— Elles sont beaucoup trop fragiles !

— Ma Nicole est aussi forte que son frère et Bernadette est plus agile que les deux autres, affirma Fernand. Tes arguments tiennent pas debout, conclut-il en buvant une rasade d'orangeade à même la bouteille.

— On sait ben, toi, t'as toujours raison… Commissaire d'école ! Commissaire au crédit ! Chanteur dans la chorale ! Et puis quoi encore ? Tu vas peut-être te présenter à la mairie ? Hein ? Pis tu vas tellement te prendre au sérieux que tu vas péter plus haut que l'trou !

— Arrête, Philippe, l'implora sa femme qui s'était approchée.

— En tout cas, c'est sûrement pas toi qui serais élu comme maire, avec ton problème de boisson… lâcha Fernand.

À peine cette phrase lancée, Fernand regretta de s'être laissé emporter de la sorte. Il mit la faute sur la colère qu'il n'avait pas réussi à réprimer à la vue d'Ernest et voulut se rétracter et faire amende honorable. Philippe n'avait pas à subir sa mauvaise humeur.

— Excuse-moi… C'est pas ce que j'ai voulu dire… commença-t-il, penaud.

Piqué au vif par la riposte cinglante de son meilleur ami, Philippe releva le menton. Il balaya d'un regard hautain les petits groupes de personnes qui avaient tourné la tête vers eux quand Fernand avait monté le ton.

— Ramasse les petits ! On s'en va ! ordonna-t-il à Jeanne qui se tenait discrètement à ses côtés.

— J'ai pas eu le temps de jaser avec Henriette…

— Qu'est-ce que t'as tant à lui raconter ? la coupa-t-il sèchement.

— Ça fait longtemps qu'on s'est pas vues. On veut juste parler entre femmes…

— Pis lui raconter ce que fait ton méchant mari ?

— Parle pas si fort ! Tout le monde nous regarde…

N'en pouvant plus d'assister, impuissant, à cette scène, Fernand s'interposa.

— Philippe… Prends sur toi… Ta femme t'a rien fait. Elle peut rester si…

— J'ai pas d'ordre à recevoir de toi ! Maudit traître ! Ma femme va faire ce que je lui dis.

— Qu'est-ce que t'as, Philippe ? Je te reconnais pas… tenta-t-il doucement.

— Lâche-moi ton petit ton de curé ! T'es pas mieux que moi, Fernand Dupré ! Pas mieux que personne ! Tu te penses ben fin, hein ? T'as une maison, une bonne job, pis en plus tu viens d'hériter. C'est-y pas un gars chanceux, ça, hein ? Pis les chums ? Les amis ? T'es as oubliés ? Tu te demandes pas comment y vont ? Ce qu'y font ? Ben non… T'es ben trop plein de toi-même…

Henriette s'était approchée à son tour et avait mis sa main autour des épaules de Jeanne, qui pleurait à chaudes larmes.

— Philippe ! Arrête ça, s'il te plaît, l'implora Henriette.

— Si t'es pour faire un scandale le jour des funérailles de mon père, j'aime mieux que tu t'en ailles tout de suite, ajouta Fernand.

Philippe le fixa un long moment d'un air belliqueux.

— Tu vaux pas mieux que ton frère Ernest…

— Va-t'en ! tonna Fernand en se retenant avec peine de ne pas mettre son poing dans la figure de celui qui attisait sa colère.

Cette fois, le ton de Fernand fit son effet. Philippe se tourna vers Jeanne, l'empoigna par le bras et la poussa devant lui. Elle résista.

— Jeanne reste ici avec nous ! s'interposa Henriette avec un aplomb que beaucoup de personnes présentes ne lui connaissaient pas.

Les poings sur les hanches, elle dévisageait sans aucune crainte celui qui malmenait sa meilleure amie.

Dans la foule stupéfaite, Ross Miles admira la passion qui se dégageait de cette femme. Sa force, son courage aussi. Il examina le profil, bien découpé dans le clair-obscur de la salle : le rouge à ses joues, ses lèvres tremblant sous la colère, la veine qui palpitait à son cou à peine caché par des mèches de cheveux dessinant une forêt obscure et secrète autour de son visage. Son corps aux proportions superbes, son port altier, provocateur, la courbe de ses reins, le galbe de ses seins.

— Heille ! C'est pas de vos affaires ! s'écria Philippe d'une voix éraillée.

Jeanne en profita pour se défaire de son emprise.

— Lâche-moi !

D'un geste protecteur, Henriette regroupa les enfants en pleurs et les entraîna vers une porte donnant sur la toute petite pièce où l'on remisait quelques tables et chaises quand le local servait comme bibliothèque.

— Va à la maison. Va te reposer un peu. Je vais rester ici avec les enfants, tenta-t-elle en vain d'amadouer son mari qui ne décolérait pas.

— C'est ça ! Reste avec tes amis ! postillonna Philippe en grimaçant. Moi je décâlisse ! J'ai plus rien à faire icitte ! Pas avec des traîtres comme eux autres... Des vrais amis, j'en ai plein qui m'attendent en ville !

Il cracha aux pieds de Fernand avant de quitter les lieux sous les regards ahuris mais surtout soulagés des invités.

— Excusez le comportement de Philippe... dit Fernand en se tournant vers ses parents et amis.

— T'as pas à t'excuser à sa place, le rassura Adrien. Viens avec nous autres, t'as presque rien mangé.

Jeanne était allée rejoindre Henriette, qui distribuait des boissons gazeuses aux enfants Bissonnette.

— T'es toute pâle ! Veux-tu boire un peu ? demanda Henriette.

Berthe s'avança vers les deux femmes.

— Je vais leur lire une histoire, annonça-t-elle en prenant la main d'Angélique avant de faire signe à Maurice et à Nicole de s'asseoir par terre et d'inviter les autres à faire comme eux.

— Viens avec moi, lui dit Henriette.

Totalement effondrée, Jeanne suivit sa cousine jusqu'aux toilettes, où elle put enfin épancher sa peine dans les bras bienveillants de son unique amie.

Chapitre 15

Un drôle d'automne

L'automne avait pris d'assaut les campagnes et les villes, déversant des trombes de pluie pendant treize jours consécutifs. Plusieurs cultivateurs n'avaient pas eu le temps de récolter le blé, l'avoine et le maïs qui pourrissaient dans les champs boueux. Des gelées hâtives avaient vu certaines récoltes complètement anéanties. L'hiver s'installait insidieusement et, avec lui, la promesse de malheurs à venir.

L'héritage de Kildare avait été séparé en parts égales entre tous ses enfants, sauf Ernest qu'il avait déshérité. Chacun avait reçu une bonne petite somme d'argent qui leur procurait la chance, pour certains, de payer des dettes et, pour d'autres, d'ouvrir un compte d'épargne. C'était le cas de Fernand, qui avait diminué le montant de son hypothèque tout en grossissant son compte à la caisse populaire du village. Il y avait aussi une terre à bois, située sur la montagne de

Saint-Paul-d'Abbotsford, héritage qu'Adèle avait reçu de son père. Kildare avait décidé de la garder pour Fernand et Adrien.

— T'es pas trop fatigué après une grosse journée de même ? demanda Henriette.

Dans l'assiette posée devant son mari, elle ajouta d'un geste machinal une louche de jus de cuisson sur les tranches de rôti de bœuf près desquelles s'entassaient des patates et des carottes.

— Pas trop... répondit Fernand.

Le sourire qu'il lui fit ne réussit pas à cacher le ton las.

— Tu devrais te reposer un peu, lui recommanda-t-elle en reposant le chaudron sur le rond du poêle.

— Faut ben l'aider, cette pauvre femme ! Elle a tout perdu.

— Ouais... Pauvre Jeanne... Elle méritait pas ça, soupira Henriette en venant reprendre place devant son assiette à moitié vide.

— Personne mérite de vivre des affaires de même, commenta Fernand en piquant sa fourchette dans un morceau de viande.

Henriette garda au fond de sa gorge les reproches qu'elle aurait voulu faire à celui par qui le malheur de sa cousine bien-aimée arrivait.

Philippe...

*

Criblé de dettes de jeux, Philippe Bissonnette était allé demander de l'aide à une femme qui l'avait embobiné au point qu'elle en avait fait son esclave, l'obligeant à aller collecter les victimes de prêts sur gage à sa place.

—Une prostituée doublée d'une *shylock*, avait dit Adrien, qui connaissait de réputation celle qui avait mené Philippe au suicide.

—J'espère que cette femme ira en prison, avait renchéri Henriette.

La nouvelle s'était répandue comme une traînée de poudre, et les journaux en avaient fait leur une au grand désespoir de Jeanne. Affligée par la honte et l'humiliation, elle n'avait eu d'autre choix que de se terrer dans sa maison en attendant que la tempête passe et qu'elle et ses enfants puissent enfin vivre à l'abri des regards curieux.

Jeanne avait révélé en toute confiance à Henriette que la mort de Philippe avait mis fin à ses tourments. Le couple battait de l'aile depuis au moins deux ans, et Philippe était de plus en plus violent avec elle et les enfants. Jeanne avait demandé l'aide du curé Vigneault qui avait convoqué Philippe au presbytère pour lui parler de ses responsabilités de mari, de père et de chrétien. Il lui avait fait miroiter les feux de l'enfer s'il ne venait pas à bout des mauvaises habitudes qui l'entraînaient irrémédiablement dans le péché. Quand le curé lui avait mentionné qu'il demanderait à la police d'intervenir s'il molestait encore sa femme, Philippe l'avait menacé de son poing.

— Ce qui se passe dans ma maison, ça vous regarde pas ! avait-il craché avant de partir en claquant la porte du bureau si fort que le prêtre avait eu peur que les carreaux vitrés ne se brisent sous la secousse.

L'abbé avait aussitôt téléphoné à Fernand, l'incitant fortement à rendre visite à son ami pour tenter de lui faire entendre raison. Fernand n'avait pu se rendre à temps, pris par la réunion mensuelle du comité de crédit de la caisse du village.

Le lendemain, l'appel de Jeanne, lui révélant le suicide de Philippe, l'avait anéanti.

« Tu aurais dû y aller tout de suite », l'avait torturé la voix de sa conscience.

*

— Le déménagement s'est bien passé, au moins… dit Henriette en avalant une bouchée de patates.

— Une chance que Pierre Chenevert était là. Je sais pas ce que je ferais sans lui… Il a amené trois hommes pour nous aider. Il a un bon réseau de connaissances.

— C'est normal. Depuis le temps qu'il travaille dans le public… nota Henriette.

Fernand connaissait aussi beaucoup plus de gens que sa femme pouvait supposer. Il garda secrets les noms des membres de l'ordre qu'il avait contactés pour leur demander de l'aide. Jean-Paul Hade, Lucien Langevin et Armand Dorion avaient tous répondu promptement et le travail s'était effectué en un temps record. Il remercia le Ciel d'avoir placé sur sa route des hommes de cœur et de convictions comme eux.

— Pauvre Jeanne… répéta sa femme pour la énième fois depuis la tragédie. Heureusement, à Saint-Hyacinthe, elle est moins connue. Les gens la regarderont pas comme un animal de foire.

— Son histoire est aussi connue là-bas. Mais elle, moins, approuva son mari.

— C'est plate à dire, mais dans les petits villages, il y a tellement de commères…

— Que veux-tu ! Les bonnes femmes ont pas grand-chose à faire, commenta Fernand en essuyant le contour des lèvres de Bernadette.

Surprise, Henriette fixa son mari d'un air perplexe.

— C'est ça que tu penses des femmes qui restent à la maison ?

— Ben, avec tous les nouveaux appareils électroménagers qui font le travail à leur place, elles ont ben du temps à perdre à commérer. Si t'additionnes à ça le téléphone, les lignes ouvertes à la radio, le placotage dans les salons de coiffure, les réunions des fermières et des filles d'Isabelle…

— T'es pas sérieux quand tu dis des affaires de même ? s'exclama Henriette, mettant fin à cette énumération.

— Je parle pas de toi !

— Ben sûr que non… Sauf que moi aussi, je suis une femme qui reste à la maison. Je parle au téléphone, j'écoute des émissions à la radio et je vais chez la coiffeuse des fois et j'ai des électroménagers pour m'aider à accomplir ma besogne. Si la plupart des hommes pensent comme toi, je dois passer pour une commère, moi aussi…

— Tout le monde au village sait que t'es travaillante et à ton affaire, et que tu dis jamais un mot sur personne. Jean-Guy Gagnon m'a même niaisé, à l'usine, après t'avoir vue tondre le gazon à ma place. C'est pas fin pour moi, ça ! Il doit penser que je suis un flanc-mou qui laisse les grosses corvées à sa femme.

— Tu m'avais pas raconté ça. Ton orgueil a dû en prendre un coup… le nargua-t-elle.

— Tu me connais…

Les rires complices des parents se communiquèrent aux enfants assis autour de la table familiale. Fernand compara sa situation à celle de beaucoup d'hommes qu'il côtoyait et se trouva chanceux.

Bien que le diabète et les hernies fussent toujours aussi incommodants, sa vie était belle. Il avait un bon travail à la manufacture et l'arrivée du syndicat avait favorisé des conditions plus douces pour tout le monde. Une augmentation de salaire avait aussi été bienvenue et avait allégé le budget des fins de mois. Ses enfants étaient bien élevés et sages, sa femme attentionnée et travaillante, et sa vie sociale très active. Avec l'héritage reçu de Kildare, il possédait un compte d'épargne que beaucoup de travailleurs lui auraient envié. Ne manquait qu'un peu de piquant dans sa vie de couple, qu'il trouvait parfois très monotone.

Henriette, il le savait, s'ennuyait. Ses réunions hebdomadaires la laissaient plus souvent seule et il désespérait de pouvoir, un jour, lui avouer la vérité sur la Patente. Il aurait bien aimé l'emmener au cinéma, au théâtre ou au restaurant. Il aurait aimé aussi avoir une automobile afin de conduire sa famille au parc Belmont à Montréal ou au bord d'un lac, l'été. Bien qu'il possédât un petit pécule, il ne devait pas se laisser aller à de folles dépenses. Les sacrifices faisaient partie intégrante de son projet de pouvoir offrir l'instruction à tous ses enfants, les filles y compris.

Il songea un moment à son unique moyen de transport, sa bicyclette, reçue en cadeau à son vingtième anniversaire de naissance et qu'il utilisait depuis, trois saisons durant. Il avait même installé à l'avant un panier qui lui servait quand il faisait les courses, et un support en métal sur lequel il pouvait transporter des boîtes ou parfois Maurice et Nicole. Il avait reçu en cadeau de Gaston une dynamo bouteille dont l'électricité était générée par son propre effort lorsqu'il pédalait. Fernand s'en servait surtout quand, l'automne, alors que le soleil se couchait bien avant qu'il ait terminé son travail à l'usine, il revenait à la noirceur.

Le souvenir de sa rencontre avec son patron quelques heures auparavant lui revint soudain en mémoire.

— Ah, oui, j'allais oublier ! Monsieur Dufresne nous invite pour l'ouverture de son nouveau restaurant au Moulin des Arts.

Le seul nom de ce lieu maudit la fit se raidir.

— Il invite les gens du village à aller rencontrer les artistes qui donnent des cours là-bas. Une sorte de publicité pour attirer du monde, j'imagine, termina-t-il en prenant un bout de pain avec lequel il essuya la sauce qui tapissait le fond de son assiette.

Henriette ne répondit pas tout de suite. Elle imagina son malaise si elle se retrouvait face à celui dont le seul souvenir ravivait encore en elle un profond émoi.

— Tu te rappelles le peintre qui avait des verrues plein les mains ?

— Oui, oui. Je me souviens très bien de lui…

— Sa femme et lui vont divorcer.

— Qui t'a dit ça ?

— Homer Dufresne. Il dit que le pauvre homme s'enferme dans son atelier et peint tous les jours depuis qu'il a reçu la lettre de sa femme.

— J'ai besoin d'aller aux toilettes, déclara Nicole en se tortillant sur sa chaise.

— C'est pas vrai, tu veux juste quitter la table ! s'insurgea Maurice, qui connaissait assez sa sœur pour comprendre son stratagème.

— C'est vrai que j'ai envie…

— Bon, bon, les enfants ! Ça suffit ! Vous pouvez aller jouer tous les deux, accorda Fernand.

— Bernadette, arrête de gigoter comme ça sur ta chaise ! s'impatienta Henriette.

— Elle doit vouloir aller jouer aussi, dit Fernand en faisant mine de se lever.

— Je pense qu'elle, elle a vraiment envie… Laisse, je vais y aller, déclara Henriette.

— T'as pas fini de manger…

— C'est froid, de toute façon. Et puis, j'ai plus vraiment faim, mentit-elle. Ça va faire un bon reste pour un prochain repas.

Henriette quitta la table et entraîna la benjamine vers la salle de bain en bénissant cette diversion.

Elle avait craint que Fernand ne remarque son embarras. Elle jeta un regard par-dessus son épaule. D'un geste mille fois répété, le père de famille empilait les assiettes sales qu'il alla déposer sur le comptoir près de l'évier, Maurice sur les talons.

« Il ne doit jamais savoir... Jamais... », scanda la petite voix dans sa tête en feu.

« Décidément, c'est un bien drôle d'automne », songea Henriette.

Elle espéra de tout cœur que le temps des Fêtes à venir effacerait les malheurs et les regrets.

Chapitre 16

Le portrait

— C'est gentil d'avoir accepté mon invitation, Fernand. Dommage que votre femme ne soit pas avec vous, déclara Homer Dufresne.

Les deux hommes échangèrent une franche et sincère poignée de main.

— Bernadette a une vilaine grippe et ma femme voulait rester avec elle pour la soigner.

— Vous avez une belle et bonne épouse, vous avez de la chance !

— Oui, je suis un homme comblé, répondit Fernand en souriant.

— Allez ! Servez-vous au buffet là-bas ! Il y a du vin Saint-Georges, et du Manoir Saint-David pour ceux qui préfèrent le blanc, l'incita-t-il, une main amicale sur son épaule.

Le maître des lieux aperçut un couple qui venait d'apparaître à l'entrée du restaurant.

— Veuillez m'excuser, dit-il avant de prendre congé de Fernand qui se retrouva seul au milieu d'une foule d'inconnus.

Mal à l'aise parmi tous ces gens riches, Fernand s'approcha d'un couple formé d'un jeune homme grand et sec au visage précocement flétri. Celui-ci ne lui porta nullement attention, trop absorbé par la conversation d'une femme qui brandissait une cigarette allumée au bout d'un porte-cigarette en ivoire.

L'odeur prenante du tabac, ajouté au parfum de l'inconnue, un mélange à la fois doucereux et tenace, le fit tousser.

— Pardon ! s'excusa-t-il.

La fumeuse le considéra avec un souverain mépris avant de lui tourner le dos et de s'éloigner, imitée par son compagnon.

Fernand retraita donc vers le fond de la pièce où, sur de longues tables drapées de blanc et d'or, se dressait un buffet digne des plus grandes réceptions. Il roula des yeux ronds devant toute cette nourriture.

Il y avait des huîtres couchées sur un lit de glace concassée autour desquelles s'étalaient des tranches de citrons, des crevettes roses placées en couronne sur le rebord d'un petit vase rempli à ras bord d'une sauce rouge, des crudités disposées sur une grande assiette de verre taillé avec, en son centre, un bol rempli d'une trempette blanche et crémeuse. Un peu plus loin, pareils à des sentinelles au garde-à-vous, se dressaient des raisins verts et rouges piqués sur de longs bâtonnets de bois fichés dans des carrés de fromage orange et blanc.

Fernand chercha des yeux des triangles de sandwichs, mais n'en vit aucun. À leur place, des tranches de pain grillé garnies de pâtés, de fromage crémeux et autres terrines que l'homme modeste qu'il était n'avait jamais vus. Un aspic, qui tremblotait chaque fois que quelqu'un se butait contre la table, voisinait une assiette couverte de saucissons de toutes sortes. Au centre de la table, déposé sur un lit de branches de cèdre, trônait un petit cochon de lait rôti tenant dans sa gueule ouverte une pomme rouge.

À elle seule, cette table faisait la preuve de cette inégalité sociale tant dénoncée par l'Ordre de Jacques-Cartier.

« C'est pour ça qu'il faut se battre, lui dit la petite voix au fond de lui. Pour retrouver une équité, une dignité… »

« C'est pas mon monde », songea-t-il, mal à l'aise, en allant se servir une coupe de vin blanc.

Son verre à la main, Fernand délaissa les abords du festin près duquel les invités se pressaient, une assiette et une serviette en coton brodée des initiales « HD » entre les doigts. Il chercha Homer Dufresne dans la foule. Il le repéra, entouré de trois jolies jeunes femmes, une main sur la poignée de la porte d'une pièce contigüe dans laquelle il entra, suivi de ses invitées.

Fernand ne put s'empêcher d'imaginer ce qui pouvait se passer derrière la porte qui venait de se refermer doucement.

« Il ne s'apercevra même pas que tu es parti », lui dit la voix de la raison.

Bien décidé à quitter les lieux sans un au revoir, Fernand déposa sa coupe encore pleine sur une table basse et marcha d'un pas résolu vers l'entrée où un vestiaire avait été aménagé, y demanda son paletot, son chapeau et ses claques.

— Vous partez déjà ? demanda la jeune employée sur un ton contrarié.

— Oui. Je me sens pas bien…

— Quel dommage ! Vous allez manquer la présentation des artistes…

— Une autre fois, peut-être, coupa Fernand.

Sans plus attendre, il prit congé, une colère latente au fond du cœur.

Dehors, la nuit avait tout envahi. Une fine pluie tombait sans relâche et Fernand s'admonesta à voix haute :

— J'aurais dû prendre un parapluie, maudit niaiseux de sans-dessein… grogna-t-il.

Il déplora de ne pas avoir sa fidèle bicyclette qui lui aurait fait épargner des minutes précieuses.

— Monsieur Dupré ?

L'interpellé chercha dans la pénombre environnante celui qui l'appelait avec un accent anglais qu'il aurait reconnu entre mille.

— Monsieur Miles ?

— Vous attendez votre chauffeur ? interrogea le peintre qui se tenait dans l'embrasure de la porte de son atelier.

— J'ai pas de chauffeur, malheureusement…

— Dans ce cas, permettez-moi de vous offrir de vous reconduire chez vous.

— Je veux pas vous déranger…

— Vous ne me dérangez aucunement. Entrez donc quelques instants, le temps de me débarrasser de mes vêtements de travail et je suis à vous.

Fernand obéit, bien content de ne pas avoir à parcourir à pied, sous la pluie qui s'intensifiait maintenant, la distance qui le séparait de sa demeure.

Il posa un regard reconnaissant vers celui qui lui offrait si généreusement son aide.

Miles avait les traits tirés et le teint pâle. Fernand crut déceler dans ses yeux une immense souffrance.

— Venez vous sécher près du poêle, l'invita son hôte.

— Je vais mouiller votre plancher.

— Ne vous inquiétez pas, c'est un vieux plancher. Il en a vu d'autres.

Fernand s'approcha de la petite truie qui diffusait une chaleur bienfaisante. Il enleva son chapeau, qu'il tint entre ses mains, et posa un regard circulaire sur l'antre de l'artiste.

La pièce était un véritable capharnaüm. Des livres traînaient par terre, sur un fauteuil ainsi que sur une table basse près d'une causeuse de damassé vert et brun. Deux bouteilles de scotch à moitié vides voisinaient des verres que leur propriétaire n'avait assurément pas lavés depuis belle lurette, à en juger par les cernes sur leurs contours. Sans parler des vêtements éparpillés sur les fauteuils et les chaises.

Fernand jeta un coup d'œil par-dessus son épaule vers le coin de la pièce où, selon toute évidence, le peintre exerçait son art. Il y vit le chevalet sur lequel reposait une toile blanche, la petite table sur laquelle les pinceaux côtoyaient les tubes de peinture et les chiffons souillés. Il remarqua les esquisses tracées au fusain que l'artiste avait piquées au mur, près de la fenêtre donnant sur la rivière.

Sortant d'un tourne-disque placé sur une commode tout près, la voix chaude d'un chanteur créait une ambiance feutrée :

As I sit, remembering you
The scented dusk, like blessing, falls

The flowers lie dreaming in the dew
And sun gleams red on old red walls

—Asseyez-vous, j'en ai pour quelques minutes, lui parvint la voix du peintre, de l'autre côté de la cloison.

—Merci, répondit Fernand en cherchant du regard une place libre de traîneries. Qui est donc ce chanteur ? C'est la première fois que je l'entends.

—John McCormack. Et cette chanson est ma préférée…

—Il a une très belle voix de ténor…

—Vous n'avez rien à envier à ce chanteur, paraît-il, monsieur Dupré, le flatta l'artiste.

—Je suis juste un petit chanteur dans une chorale de village…

—Ne soyez pas si modeste. Je vous sers quelque chose à boire ? demanda Ross en surgissant de la pièce adjacente et en ajustant ses boutons de manchettes.

—Non, merci.

Fernand épia les mouvements du peintre, admira son élégance racée, sa prestance, son charme. Il avait assurément tout pour séduire. Alors que lui…

Comme il aurait aimé être paré de tels attributs ! Hélas ! il était petit et empoté. Le diabète qui l'affligeait sapait son énergie. Il aurait tant aimé retrouver la prestance de sa jeunesse et s'affranchir de ses faiblesses…

Le peintre se mit à fredonner les paroles en duo avec le chanteur.

— *That life was full and love was new*
But now there's nothing left to me
But to sit here remembering you

Fernand, qui ne parlait pas anglais, demanda encore :

— Ça raconte quoi, les paroles ?

— C'est l'histoire d'un homme, assis sur un banc, qui se rappelle une femme dont il est tombé follement amoureux. Malheureusement, cette femme ne peut pas l'aimer.

Au moment même où le peintre traduisait ces mots, Fernand aperçut la toile accrochée au mur.

— Henriette !

L'attention de Ross Miles se porta de la toile à Fernand.

— Henriette… répéta ce dernier, le souffle court.

Jamais encore il n'aurait pu imaginer sa femme aussi belle, aussi magnifiquement sensuelle. Aussi séduisante… Ses longues jambes, son regard brillant de désir, ses bras à la peau si douce placés derrière elle, son cou offert, sa bouche entrouverte…

— C'est ma femme ! Mon Henriette qui a posé pour vous dans cette… cette posture…

— Elle n'a pas posé pour moi dans cette posture, comme vous dites, tenta de le rassurer l'artiste. Je l'ai peinte de mémoire.

Fernand tourna vers son interlocuteur un visage ravagé par la colère et l'humiliation. Dans la pièce, la voix du chanteur étirait les dernières syllabes de la chanson :

As I sit here… remembering you…

Le regard de Fernand se reporta sur la toile avant de revenir au peintre.

Ross, qui avait compris que Fernand Dupré avait tout deviné, s'efforça de se composer un visage déterminé malgré le feu qui empourprait ses joues. Cependant, il ne cilla pas, ne chercha pas non plus à nier ce que Fernand semblait comprendre.

Celui-ci crut même déceler dans le regard du peintre une arrogance qui en disait long.

— Pour qu'un homme peigne une femme de mémoire comme ça, c'est que cette femme habite sa tête… commenta tout bas Fernand.

Il hésita avant d'enchaîner :

— … et surtout son cœur.

Le silence de Ross Miles fut plus brutal qu'un aveu.

Sans un mot, Fernand remit son chapeau sur sa tête où bourdonnait une colère sourde et marcha vers la porte d'un pas pesant et pressé.

Miles gardait la tête baissée. Il en voulait au destin de causer du chagrin à cet homme qu'il savait bon et généreux. Il l'espéra magnanime et pria pour que sa peine n'engendre pas le malheur pour celle qu'il aimait, lui aussi.

Dehors, le vent s'était levé, froid et malin, balayant les feuilles mortes sur la route que la pluie rendait brillantes, sifflant entre les branches dénudées des arbres qui la bordaient, asséchant les larmes de celui qui marchait, les épaules voûtées et le cerveau en bataille. La jalousie qui le terrassait l'empêchait de respirer. Il étouffait…

Il se mit à courir aussi vite qu'il le put. Il devait arriver chez lui au plus tôt pour poser les questions qui lui brûlaient les lèvres. Il devait à tout prix savoir, de la bouche d'Henriette, ce qui s'était passé, cinq ans auparavant, dans l'atelier de Ross Miles.

Chapitre 17

La dispute

La longue marche sous la pluie et le vent n'avaient qu'attisé la colère qui avait porté les pas de Fernand jusque chez lui. Dès son arrivée, il avait cherché la traîtresse dans la petite pièce où elle cousait, comme à son habitude. Elle n'y était pas. Ni dans la salle de bain ni dans la chambre. Il était allé à l'étage où les enfants dormaient paisiblement. Il était ensuite descendu à la cave pour la trouver en train de mettre une bûche dans le poêle à bois de marque L'Islet qu'il avait acheté l'année d'avant et qui gardait chauds les planchers et les murs de la maison pendant la rude saison.

Lorsqu'il avait surgi, Henriette s'était retournée, surprise de le voir arriver si tôt et si trempé. Son air abasourdi, son regard vengeur, ses mâchoires crispées, son torse palpitant sous son gilet de laine l'avaient tout de suite avertie d'un danger.

Sans crier gare, d'un seul mouvement, Fernand avait descendu les trois marches qui le séparaient du plancher de ciment et avait fondu sur elle comme un vautour sur sa proie. Il l'avait prise par les épaules et l'avait secouée sans ménagement en lui crachant au visage des mots qui l'avaient terrifiée.

Henriette avait eu le sentiment que quelque chose se brisait en elle, mais aussi en cet homme qui lui rappelait son père Ovila, quand ce dernier revenait de la taverne du village où il avait dépensé tout son argent avec ses copains ivrognes. Jamais Fernand n'avait agi de la sorte. Jamais il n'avait osé lever le ton ou la main sur elle de cette façon. Estomaquée et impuissante devant le raz-de-marée de colère, Henriette avait d'abord fondu en larmes et courbé l'échine. Quand, au bout de quelques secondes, son mari l'avait traitée de menteuse et d'hypocrite, comme sous l'effet d'un coup de fouet, la femme loyale et honnête qu'elle était avait relevé la tête et l'avait défié du regard. D'un brusque roulement d'épaules, elle s'était libérée de la poigne de Fernand et avait couru vers l'escalier où il l'avait rejointe aussitôt, ses doigts comme des serres sur son poignet fragile, stoppant sa retraite.

Dans un réflexe de survie, la main d'Henriette avait volé un court instant dans les airs avant de s'abattre violemment sur la joue de celui qui, surpris, avait relâché son emprise et porté la main à sa peau brûlante. Henriette en avait profité pour grimper l'escalier au pas de course. Elle était allée se réfugier dans leur chambre et s'y était enfermée à double tour ; son mari avait eu l'idée d'installer une serrure à cette porte afin d'éviter que les enfants ne viennent les surprendre pendant leur devoir conjugal.

Quand Fernand lui avait demandé pardon et lui avait juré, de l'autre côté de la cloison, qu'il ne la toucherait plus, Henriette l'avait laissé entrer.

— Qu'est-ce qui s'est passé pour qu'il soit si entiché de toi ? tenta de comprendre Fernand. C'est arrivé quand t'es allée à son atelier ? Quand il a fait ton portrait ? C'est ça ?

— Je pense que oui.

— T'aurais pas dû y aller !

— Te rappelles-tu que je ne voulais pas y aller et que tu m'y as obligée ? répliqua-t-elle. Mais tu ne voulais pas déplaire à monsieur Dufresne ! Ton bon patron devant lequel tu fais le petit chien…

— Change pas de sujet ! Je fais pas le petit chien. Comprends-moi ! Comment tu réagirais, toi, si tu voyais dans le regard d'une autre femme un amour aussi passionné pour moi ?

La question de son mari la troubla. Ross Miles l'aimait-il donc à ce point ? Éprouvait-elle un désir semblable au sien lorsque, les trop nombreuses nuits où elle se retrouvait seule à attendre le retour de Fernand, quand le souvenir du peintre se frayait un chemin dans son esprit fatigué, elle se laissait aller à des plaisirs solitaires ? De son côté, agissait-il de même ?

—Je serais troublée, c'est certain. Jalouse aussi, j'imagine… affirma-t-elle dans un soupir.

Fernand prit place sur le bord du lit. Ses épaules s'affaissèrent.

—Excuse-moi pour tantôt, balbutia-t-il. Je me possédais plus. J'étais si enragé…

—Ne lève plus jamais la main sur moi comme tu viens de le faire, le prévint-elle d'un ton courroucé.

—Je te le jure. Je suis pas fier de moi… Pas fier pantoute…

Henriette s'assit à ses côtés et posa un bras autour de son cou.

—Je vais acheter cette toile, déclara-t-il. Je veux que personne pense que toi pis ce Ross Miles… Il y a assez de commères…

—Encore ton maudit orgueil ! s'indigna Henriette en se détachant vivement de lui.

—Je suis un homme connu à Saint-Pie…

—Le respecté et respectable Fernand Dupré ! Il faudrait surtout pas entacher son image ! s'exclama-t-elle, offusquée que la réputation de son mari prime sur la sienne.

—Chuuuut… Pas si fort ! la supplia-t-il. Tu vas réveiller les enfants.

— Et qu'est-ce que tu crois que les commères racontent quand elles te voient revenir tard, le soir ? D'ailleurs, pourquoi tu me parles jamais de ce que tu fais dans ces supposées réunions ?

Henriette voulait en avoir le cœur net. Une fois pour toutes. Et le moment était bien choisi. S'il lui reprochait d'attenter à sa réputation, elle devait l'attaquer avec les mêmes armes.

— Ça fait bientôt six ans que tu te dévoues à tes comités et tes associations. Toutes ces années, je reste à la maison, les soirs, à t'attendre sans jamais rouspéter. Sans jamais trop te questionner. Et pourtant…

— Pourtant quoi ? coupa-t-il. Je te raconte toujours ce que j'ai fait…

— Dis-moi la vérité ! Vas-tu voir une femme à Saint-Hyacinthe ?

— Jamais d'la vie !

— Alors dis-moi ce que tu fais si tard à Saint-Hyacinthe !

— Je peux pas…

— Tu peux pas ou tu veux pas ?

— Écoute, Henriette… J'ai prêté serment de ne rien dire à personne, commença-t-il sur un ton qu'il voulait calme et posé.

— Pas même à ta femme ?

— Pas même à toi…

— Pourquoi donc ? insista-t-elle.

— C'est compliqué... Tu comprendrais pas...

— C'est ça ! Dis donc que je suis pas assez intelligente pour comprendre, asteure !

— C'est pas ça que je veux dire. Mais j'ai juré...

Henriette se tut. Elle connaissait assez Fernand pour savoir qu'il n'avait qu'une parole, et que la loyauté et l'intégrité étaient en tête de liste de ses valeurs morales et chrétiennes. Il ne trahirait ce serment que si sa vie, ou celle de quelqu'un qui lui est cher, en dépendait.

— Je suis ta femme. J'ai toujours obéi et fait de multiples sacrifices pour le bonheur de notre couple et de notre famille. Depuis plus de huit ans, nous formons une équipe maintenant. Dans le respect l'un de l'autre. Jamais je te ferai du tort, par mes actes ou mes paroles. De la peine, non plus. Mais toi...

— Je veux pas non plus...

— Alors, je t'en supplie, dis-moi ce que tu fais à Saint-Hyacinthe...

Fernand baissa le front. Il n'avait plus le choix. Il devait dévoiler la vérité à celle qui attendait, debout en face de lui, les poings sur les hanches, les prunelles brillantes de larmes dardées sur lui. Il en allait de son couple. De l'avenir de sa famille et de tout ce qu'il avait bâti à la sueur de son front, mais aussi à grand renfort d'abnégation et de sacrifices.

— Je… Je fais partie d'une association, bredouilla-t-il, comme si chaque syllabe prononcée le torturait.

— Quelle association ?

— Un groupe d'hommes qui ont à cœur de préserver la langue française, la religion catholique et la culture canadienne-française, résuma-t-il dans un souffle.

— Pas de femmes ?

— Non, seulement des hommes. Les femmes sont pas assez discrètes…

Henriette leva les yeux au ciel, exaspérée.

— Tu le sais bien que je suis discrète, moi !

— Les autres femmes sont pas toutes comme toi, rétorqua son mari en relevant la tête. Tu dis toi-même qu'il y a plein de commères au village.

— Et qu'est-ce qu'elle fait, cette association, pour commander un tel secret ?

— Tu te rappelles combien j'ai envoyé de cartes postales, téléphoné à des personnes pour qu'elles fassent pareil ? Et puis je t'ai jamais caché mon carnet de notes dans lequel j'inscris les revendications des travailleurs.

— C'est pour ton association ?

— Oui.

— Elle porte un nom ?

Fernand tourna sept fois la langue dans sa bouche, prenant bien son temps pour réfléchir à sa réponse. Il en avait déjà assez dit. Maintenant, il devait mentir.

— Les Missionnaires.

— Tu parles d'un nom…

— C'est le curé Vigneault qui l'a proposé, mentit encore son mari.

— Parce que le curé Vigneault fait partie de cette association, lui aussi ?

— C'est lui qui m'a recruté. Tu vois bien qu'il peut pas y avoir de femmes avec nous !

— Les curés sont pas tous blancs comme neige…

— Ils sont pas tous noirs non plus, répliqua Fernand en se levant et en s'approchant d'Henriette, qui recula d'un pas, maintenant une certaine distance entre eux.

— Je m'excuse pour tantôt. Je voyais plus clair. J'étais furieux de penser que tu avais pu…

Honteuse de son propre secret, Henriette posa un index sur les lèvres du repentant.

— C'est correct… c'est correct.

Fernand l'entoura de ses bras et elle s'y lova, quelque peu réticente, mais heureuse de l'issue de cette première dispute.

— Je comprends Ross Miles de t'aimer, murmura Fernand, le nez dans la chevelure de celle qu'il avait épousée pour le meilleur et pour le pire. T'es tellement belle…

Le pire, ce soir, il l'avait entrevu. Celui de la perdre et qu'elle puisse aimer un autre homme. Un homme plus beau, plus élégant, plus raffiné que lui. Il se promit de ne plus douter d'elle, mais surtout de ne plus laisser la jalousie s'immiscer dans son cœur.

La nuit était bien installée quand le couple prit enfin place dans le lit conjugal. Contre toute attente, Henriette se colla sur celui qui avait quelque peu abusé de son autorité. Elle ne regretta pas cependant la gifle qu'il avait bien méritée.

Fernand remercia le Ciel que sa femme ne lui tienne pas rigueur des gestes intempestifs qu'il avait commis et demanda pardon à Dieu d'avoir brisé une partie du serment fait à l'Ordre de Jacques-Cartier. Il songea même un instant à donner sa démission.

« T'en parleras à Pierre Chenevert. Il saura te conseiller », lui suggéra la voix de sa conscience.

Soudés dans cette union qu'ils voulaient dorénavant empreinte d'une confiance mutuelle et sincère, Fernand et Henriette s'endormirent l'un contre l'autre, comme aux premiers temps de leur mariage.

Chapitre 18

L'Hôtel-Dieu

— Rosario est tombé ! annonça Berthe en entrant dans la maison imprégnée d'effluves de tourtière et de tarte aux pommes.

Henriette se redressa, une main sur le pain de ménage qu'elle avait confectionné le matin même, l'autre suspendue dans les airs, un couteau prisonnier au creux de sa paume.

— Tombé ? Où ça ? Quand ça ? interrogea-t-elle.

— Il sortait de sa voiture, sur la rue Nelson, à Saint-Hyacinthe. C'est arrivé il y a environ deux heures. Il devait y avoir un rond de glace et il a glissé dessus.

— Et maintenant ? Il est où ? demanda encore Henriette, en tranchant le pain en six portions égales qu'elle pourrait aisément insérer dans le grille-pain.

— Adrien m'a dit que les ambulanciers l'avaient transporté à l'hôpital non loin de là, précisa Berthe en enlevant ses couvre-chaussures.

Elle se débarrassa ensuite de son manteau, de son foulard et de son chapeau de feutre vert forêt qu'elle accrocha aux crochets de fer, près de la porte d'entrée.

— Adrien est pas avec toi ?

— Non. C'est lui qui a conduit la voiture de Rosario jusqu'à l'hôpital. Il doit y être encore, d'ailleurs.

Berthe s'approcha de sa belle-sœur, lui donna un petit bec sur la joue avant de faire de même à la petite Bernadette qui jouait avec ses poupées, assise par terre, près de la table de cuisine.

— Est-elle toujours tranquille de même, cette enfant-là ?

— Pas toujours ! Y a des fois où elle est pas tenable !

— T'es chanceuse d'avoir de si beaux enfants...

La stérilité de celle qui avait réussi à mettre la bride au cou d'Adrien n'était pas un secret. Son mari ne s'en plaignait pas. De toute façon, Henriette n'avait jamais pu imaginer Adrien Dupré entouré d'une famille nombreuse. Elle sourit à l'image de son impatient beau-frère assailli de toutes parts par une ribambelle d'enfants agités.

— Qu'est-ce qui te fait sourire ? remarqua encore Berthe.

— Oh, rien… Je pensais juste à…

La sonnerie du téléphone retentit, coupant court à l'explication qu'elle se préparait à donner. Henriette s'essuya les mains sur son tablier brodé de grappes de fleurs de lilas à chacun des coins et alla répondre.

— Henriette ?... C'est Adrien.

— Bonjour ! Comment va Rosario ?

— Il a une fracture du bassin et il peut pas marcher. Le docteur veut le placer à l'Hôtel-Dieu pour quelques semaines. Le temps que les os se ressoudent… Si jamais ils se ressoudent.

— Pauvre lui ! Quelle malchance !

— Y est pas le seul à être tombé sur la glace et à s'être cassé un membre. Y a plein de monde à l'hôpital qui sont amanchés comme lui. Que veux-tu ! Avec la pluie et la neige fondante qui sont tombées depuis une semaine, c'est glissant partout. Est-ce que Berthe est là ?

— Oui. Je te la passe…

Henriette fit signe à sa belle-sœur en lui tendant l'appareil.

— C'est ton mari, dit-elle en lui cédant le combiné.

Henriette retourna à sa besogne, inquiète.

« C'est encore Fernand qui va s'occuper de tout ça. Comme s'il n'en avait pas déjà assez à faire… », songea-t-elle, amère.

*

Depuis leur dispute, Fernand avait décidé de se soustraire à quelques réunions, prétextant un malaise physique. Il avait ainsi raté une réunion des commissaires et une de l'ordre. Il avait cependant assisté à la réunion du comité de crédit de la caisse.

Henriette en avait été enchantée et ils avaient passé des soirées à jaser des projets d'agrandissement du jardin, de la construction d'une petite gloriette au bout du terrain, sous les arbres, et aussi de la possibilité de façonner une glissoire et un fort de glace pour Maurice et Nicole. Ces discussions leur avaient permis de retrouver la belle complicité qui leur faisait défaut depuis quelque temps déjà. Henriette avait parlé d'avoir un autre enfant, mais Fernand lui avait fait comprendre que le moment n'était peut-être pas bien choisi. Les finances étaient au beau fixe et il était grand temps que le couple en profite pour s'acheter des nouveaux vêtements ou, pourquoi pas, voyager un peu.

— On n'a jamais fait de voyage de noces, avait décrété son mari en la serrant dans ses bras, un soir, après qu'un désir spontané les eut surpris tous deux.

— J'aimerais bien visiter Québec, lui avait suggéré sa femme. Y paraît que, pendant le carnaval, c'est féerique !

— Y doit faire frette en titi ! C'est en plein mois de février !

— On n'a qu'à s'habiller chaudement. Et puis, on passera pas la nuit dehors là-bas, avait-elle ajouté en riant.

— On emmènerait les enfants ?

— Non. On irait juste nous deux. Comme des jeunes mariés, avait-elle précisé, aguicheuse, en embrassant son mari.

Fernand avait répondu à ce baiser aussi doux et fugace que le frôlement d'une aile de papillon.

— Berthe me propose souvent de garder les enfants. Elle les aime vraiment. Et puis c'est pratique depuis qu'ils ont acheté une maison à Saint-Dominique. C'est tout près.

Adrien avait trouvé un bon emploi comme contremaître à la carrière de ce village sis à quelques milles entre Saint-Pie et Saint-Hyacinthe.

« Avec mon expérience de casseur de cailloux d'avant la guerre, ils ont pas hésité à m'engager », avait-il expliqué à son frère, qui se réjouissait de son retour dans les parages.

Henriette était surtout contente de voir Fernand renouer avec celui qui, malgré son tempérament fougueux, n'avait jamais perdu l'affection qu'il portait à son cadet.

*

— Tu vas ramener la voiture ?... Tu peux venir me chercher chez Fernand ?... Ah !... Bon… OK… Je vais t'attendre… OK… À tout à l'heure !

Berthe raccrocha.

—Adrien s'en vient me chercher. Je pourrai pas rester ben, ben longtemps. Il doit retourner travailler et…

—C'est correct. C'est pas la première fois que je prépare le repas de Noël toute seule, la rassura-t-elle.

—Je sais, mais on va être pas mal de monde. Surtout s'il y a des membres de ta famille.

—Je vais me débrouiller. Et puis, vous mangerez ce qu'il y aura sur la table. Quand y en aura plus, ben y en aura plus, c'est tout! ajouta-t-elle avec un clin d'œil.

—Tu dois être contente que ta sœur descende des États…

—Très contente! Dire que j'ai jamais vu son mari et sa fille… confia Henriette, qui se demandait comment elle pourrait communiquer avec eux, vu qu'elle ne comprenait pas un mot d'anglais.

—Ils doivent parler juste anglais, mentionna Berthe, faisant écho aux craintes de sa belle-sœur.

—Estelle sera là pour traduire, j'imagine.

Bernadette se leva et marcha vers sa mère en tendant ses bras.

—Maman peut pas te prendre, dit Henriette en reprenant sa tâche.

—Je vais m'en occuper, dit Berthe en soulevant la fillette de terre et en tournoyant dans la pièce avec elle dans les bras.

Bernadette éclata d'un rire clair, sa petite voix haut perchée égayant toute la cuisine.

Henriette rangea le couteau préalablement essuyé dans l'un des tiroirs placés sous le comptoir. Elle enveloppa le pain dans un linge à vaisselle en lin tissé, cadeau de son frère Gaston.

Elle eut une pensée pour celui qui, la semaine précédente, lui avait annoncé qu'il viendrait au réveillon de Noël accompagné de son nouveau copain. Henriette avait sourcillé, ne sachant pas comment la venue de cet étranger, homosexuel, serait acceptée par son mari et sa belle-famille. Elle en avait parlé à Fernand qui l'avait rassurée, lui affirmant qu'il surveillerait les deux hommes et leur indiquerait de demeurer discrets si jamais ils avaient des gestes ou des propos déplacés.

Elle songea à Rose-Aimée, qui préférait fêter en compagnie de sa nouvelle belle-famille à Montréal. Elle la savait heureuse et ne lui tenait pas rigueur d'avoir refusé son invitation. Elle déplora cependant le fait que sa sœur aînée ne prenne pas le temps de venir saluer Estelle, qui venait de si loin pour revoir celles qui se souciaient peu, en réalité, de la vie des autres membres de la famille.

Laurette avait aussi répondu qu'elle serait absente et Henriette comprenait qu'elle ne trouvait plus sa place au sein du clan Camirand. Elle la savait encore plus misérable depuis la naissance de son dernier fils, qu'elle avait catégoriquement refusé de placer dans un asile d'aliénés.

— C'est pas vrai que je vais le laisser se faire maltraiter là-bas, avait-elle déclaré à Henriette quand celle-ci lui avait parlé au téléphone quelques semaines auparavant. Si tu savais ce qu'ils font aux pauvres enfants ! Quand c'est pas des chocs électriques qu'ils leur donnent pour les calmer, c'est des pilules qui les rendent comme des légumes. Y paraît même qu'ils en enferment dans des cellules sans fenêtres, prisonniers d'une camisole de force en plus…

Henriette savait parfaitement que de telles atrocités pouvaient exister. Elle en était demeurée bouleversée et en avait parlé à Fernand, qui l'avait apaisée :

— Des fois, les infirmières n'ont pas d'autres choix que de recourir à ce genre de traitements. Dans le lot de malades, y en a sûrement qui sont très agressifs. Dangereux, même…

Henriette avait donc volontairement relégué Laurette et ses tracas aux oubliettes avec ses deux frères aînés, Louis et Marcel, morts depuis belle lurette et dont les veuves, remariées, ne donnaient plus de nouvelles.

Ne restait que Liliane, sa sœur préférée, qui n'avait pas encore confirmé sa présence.

« Ça dépend de Benoît... », avait répondu celle qui demeurait éternellement soumise à celui que le travail de la ferme gardait toujours captif, été comme hiver.

Jeanne avait aussi décliné son offre, prétextant que depuis la mort de Philippe, et son déménagement surtout, elle préférait demeurer bien tranquille sous son toit.

De mauvaises langues avaient colporté que la veuve s'était prise d'une amitié particulière pour un jeune homme, d'au moins sept ans son cadet, qu'elle avait pris en pension pour alléger ses fins de mois.

Dehors, le klaxon d'une voiture indiqua l'arrivée d'Adrien.

— Déjà ! s'écria Berthe en abandonnant Bernadette dans son parc, non sans avoir embrassé l'enfant et avoir dispersé ses jouets autour d'elle.

— Merci beaucoup pour cette visite ! lança Henriette vers celle qui enfilait en vitesse ses vêtements d'hiver. Ç'a m'a laissé du temps pour cuisiner.

— Ça me fait toujours plaisir de venir t'aider. Surtout te gêne pas, dès que t'en as besoin...

Le klaxon, visiblement pressé par une main impatiente, se fit entendre une seconde fois. Berthe ouvrit la porte et disparut dans un courant d'air froid qui courut un long moment sur le plancher de linoléum ciré.

*

— Pourquoi tu viens pas avec moi ? demanda Fernand à sa femme qui terminait d'essuyer le dernier plat du souper.

— Il faudrait encore demander à Jacinthe…

— Après toute la popote que tu viens de faire, ça te ferait du bien de sortir de la cuisine. Et puis ça nous donnerait la chance d'être tous les deux, seuls, sans les enfants agrippés à ta jupe. Ça va nous changer les idées… Allez…

Henriette sourit.

Fernand avait raison. Elle avait si bien besogné que tous les plats étaient prêts pour le réveillon, qui aurait lieu dans six jours. Elle évalua mentalement ce qu'elle offrirait à leurs invités.

Il y aurait trois tourtières, deux pâtés au poulet, du ragoût de boulettes, de la dinde, du porc frais effiloché, qu'elle ajouterait dans le ragoût, si jamais il n'y avait pas assez de boulettes pour tout le monde, des betteraves, une salade de chou vert, des carottes au beurre, des patates pilées, du ketchup rouge et du ketchup vert, des cornichons marinés, de la gelée d'atocas, de la confiture d'oignons au sirop d'érable, du bon pain et, comme dessert, des beignes trempés dans le sirop, des tartes aux pommes, aux fraises et à la rhubarbe, des biscuits à l'avoine et au raisin, et une bûche de Noël achetée chez le boulanger.

— Alors, tu viens ou pas ?

— Je sais pas, hésita-t-elle encore.

— J'aimerais ça que tu viennes voir Rosario avec moi à l'Hôtel-Dieu. Ça lui ferait tellement plaisir ! Tu sais à quel point il t'apprécie, insista-t-il.

— Faudrait pas revenir trop tard. J'ai encore une grosse journée demain…

— On sera à la maison au plus tard à neuf heures, promis ! la rassura son mari.

— Très bien. Je vais aller me changer et me recoiffer un peu. Appelle Jacinthe.

Ravi, Fernand s'exécuta. Il composa le numéro de téléphone qu'il connaissait par cœur. À l'autre bout du fil, madame Choquette lui certifia que Jacinthe était disponible.

— On va partir dans environ dix minutes, précisa-t-il.

— Elle a déjà le manteau sur le dos, dit la mère de la jeune gardienne, qui se faisait rarement prier pour aller garder les enfants Dupré.

La réputation de la jeune fille lui avait vite valu plusieurs bons clients qui l'appelaient régulièrement. Ce gardiennage procurait à l'adolescente de quatorze ans un bon petit revenu qui lui permettait de s'acheter de nouveaux vêtements, et ainsi d'alléger les dépenses de ses parents. Mais surtout, cet argent lui permettait d'assouvir sa passion pour les chanteurs populaires et particulièrement le rock'n'roll, qui avait fait son apparition à la radio. Elle dépensait une partie de ses économies en 45 tours, qui avaient supplanté les 78 tours. Aussi souvent qu'elle le pouvait, elle les faisait jouer sur le tourne-disque qu'elle gardait jalousement dans sa chambre. Cette jeune fille, issue du baby-boom, faisait partie de ceux et celles qui voulaient que les choses changent. Et vite !

— Merci bien et bonne soirée ! dit gaiement Fernand en raccrochant le combiné.

Des phares de sa voiture, Pierre Chenevert balaya la rue devant la maison avant de se stationner au bord du trottoir glacé.

— Pierre est déjà arrivé ! cria Fernand en allant revêtir son paletot.

— Tu mets pas ton veston ? demanda sa femme en sortant de la chambre et en voyant le chandail de laine bourgogne que son mari portait tous les jours.

— J'ai plus chaud avec ça.

La porte de la maison s'ouvrit et Jacinthe entra.

— Monsieur Chenevert vous attend, dit-elle.

— Je sais ! Je sais ! répondit Fernand, impatient, en faisant signe de la main à Henriette de se presser.

Celle-ci s'exécuta, non sans avoir, au passage, donné ses instructions à la jeune gardienne.

— Et ne laisse pas Bernadette s'approcher trop près du poêle à bois si tu vas jouer dans la cave avec eux.

— OK !

Fernand était déjà sur le trottoir et tenait la portière arrière ouverte quand Henriette quitta la maison. Elle s'engouffra dans l'automobile en vitesse. Son mari referma la portière et alla s'installer sur la banquette avant, aux côtés de son ami fidèle qui enclencha la pédale d'embrayage.

La voiture quitta la maison des Dupré sans plus attendre.

✳

— Tu parles d'une malchance, dit Fernand assis dans le fauteuil en face de Rosario, cloué dans un fauteuil roulant qu'une religieuse dévouée avait immobilisé devant les chaises droites de la salle des visiteurs.

« Ça sera plus plaisant de voir votre famille en dehors de la chambre », lui avait-elle suggéré.

Rosario avait accepté. La salle commune où il avait été placé dès son arrivée était petite et encombrée des lits des quatre pensionnaires, mais coûtait moins cher que les chambres contenant moins de patients.

— T'es fine d'être venue, Henriette. Je suis content de te revoir !

— Moi aussi, je suis contente. T'as l'air bien, mentit-elle dans un sourire.

Rosario avait beaucoup vieilli. La peau de son menton était flasque, tout comme la peau alourdie de ses paupières qu'il gardait mi-closes. Il avait terriblement maigri. Son teint, habituellement rougeaud, était devenu grisâtre, ce qu'Henriette avait mis sur la faute du manque de soleil et d'air pur. Elle songea à Marguerite qu'elle n'avait jamais revue après qu'elle eut été enfermée à Saint-Jean-de-Dieu, et qui avait dû, elle aussi, souffrir du manque d'air frais et de liberté.

— Tu manges bien, au moins ? s'informa-t-elle.

— Oh, tu sais, y a rien qui vaut ta bonne cuisine… dit-il avec une gentillesse enjouée.

— Arrête de me flatter ! s'exclama-t-elle en souriant de nouveau.

— Je dis la vérité ! s'insurgea Rosario. Pas vrai, Fernand ?

Ce dernier acquiesça du chef en touchant son bedon rond.

— Une cuisinière en or ! Tu devrais voir tout ce qu'elle a préparé pour le réveillon de Noël ! T'en reviendrais pas !

Rosario afficha un air piteux et baissa les yeux.

— Dommage… Je pourrai pas y goûter.

— Je vais m'arranger pour venir t'en porter avant le jour de l'An…

— Si y en reste ! précisa Henriette.

— Oui, t'as bien raison ! dit Fernand en éclatant de rire, sachant qu'il lui promettait probablement quelque chose d'impossible.

Les deux hommes dodelinèrent de la tête, conscients que les bons petits plats s'envoleraient assurément très vite.

— Tu penses rester combien de temps ici ? demanda Fernand.

— Le docteur a parlé d'un mois. Peut-être deux…

— Mouais… T'es pas chanceux…

— Non, vraiment pas chanceux, répéta Rosario dont la mine sombre faisait peine à voir.

— Aimeriez-vous boire quelque chose ? demanda Henriette pour changer l'atmosphère morose qui planait dans la pièce.

— Je prendrais bien un Coke, répondit Rosario.

— Moi une Orange Crush, dit Fernand.

— Y a une machine distributrice près de la cafétéria, au deuxième étage, indiqua Rosario en mettant une main dans la poche de son pantalon et en sortant quelques pièces de monnaie.

Fernand arrêta aussitôt son geste.

— C'est moi qui paye, affirma-t-il en prenant à son tour de la monnaie qu'il tendit à Henriette.

— Toi, tu vas boire quoi ? demanda-t-il.

— Peut-être un Sprite ou une *root beer*, je vais voir ce qu'il y a, répondit-elle en s'emparant des pièces qui cliquetèrent au creux de sa paume.

Elle quitta les deux frères qui se mirent à parler de tout et de rien, emprunta un escalier qui descendait vers l'étage où, selon les dires de Rosario, se trouvait la distributrice. Elle la trouva facilement, énorme et rouge pompier, arborant les couleurs du Coca-Cola, la boisson favorite de presque toutes les générations confondues et dont le personnage emblématique, le Père Noël, se retrouvait sur toutes les publicités possibles et imaginables.

Elle en était à la bouteille d'Orange Crush quand une petite voix flûtée derrière elle la fit se retourner :

— Madame… J'aimerais avoir une liqueur, s'il vous plaît.

Henriette se retourna, prête à expliquer à l'inconnu qu'elle n'avait assez d'argent que pour trois bouteilles, quand elle fut prise de stupeur.

— Oh ! s'écria-t-elle en laissant tomber la bouteille d'Orange Crush qui éclata sur le carrelage.

En face d'elle, muni d'un seau rempli d'une eau grise où trempaient des torchons, se tenait un garçon d'une huitaine d'années. Il lui souriait béatement, sa lèvre supérieure déformée par un bec-de-lièvre.

Chapitre 19

La discorde

— Et si c'était lui ? répéta Gaston pour la troisième fois.

Henriette ne sut que répondre.

— As-tu demandé des informations à une personne responsable là-bas ? demanda son frère au bout du fil.

— J'ai pas osé. Fernand était avec moi. Il n'aurait pas compris…

— Tu dois y retourner, coupa Gaston.

— Je peux pas, voyons ! Dans trois jours c'est Noël. Il me reste plein de choses à préparer. Pourquoi tu y vas pas, toi ?

— Ça fait une semaine que le travail dérougit pas au magasin. C'est pire que ça a jamais été. On dirait que tout le monde s'est donné le mot pour venir acheter leurs cadeaux de Noël la dernière semaine…

— Pis Estelle qui arrive le 24 au matin…

—Justement! Il faut le savoir avant qu'elle soit là. Comme ça, si c'est bien son fils, elle pourra l'adopter pis repartir avec aux États…

— Tu trouves pas que tu mets la charrue avant les bœufs? C'est sûrement pas le seul garçon avec un bec-de-lièvre dans toute la province.

Le silence s'installa entre eux.

Depuis leur visite à l'orphelinat, Henriette et son frère avaient fermé le dossier, bien résolus à convaincre leur sœur cadette de ne pas chercher à retrouver ses enfants. Voilà que la découverte de cet orphelin changeait complètement la donne.

—Je sais que je t'en demande beaucoup, Henriette, mais il faut qu'on sache qui est ce garçon. En plus, ton beau-frère est là. Il pourrait se renseigner pour toi.

— Il faudrait lui avouer la faute d'Estelle et ça, y en est pas question.

— T'es pas obligée de dire que c'est le fils d'Estelle. Tu peux lui raconter que c'est une femme de ta connaissance qui recherche l'enfant de sa fille. T'es capable d'inventer quelque chose, non?

— Tu sais comment j'aime pas mentir…

—Je te demande pas de mentir, juste de pas tout dire. C'est différent. Et puis, ça pourrait lui donner quelque chose à faire pour l'occuper un peu si, comme tu dis, il s'ennuie là-bas.

— Je vais voir ce que je peux faire…

La porte s'ouvrit et Fernand entra dans la maison. Il était midi cinq.

— Je dois te laisser, Fernand vient d'arriver de la manufacture. C'est l'heure du dîner.

— Salue-le de ma part et dis-lui que j'ai bien hâte d'aller réveillonner avec vous autres, dimanche soir prochain.

— Je lui ferai le message sans faute. Bye.

— Bye et bonne chance ! conclut Gaston.

Henriette raccrocha.

Sa mine contrariée n'échappa pas à son mari qui, après s'être débarrassé de ses vêtements, se dirigea vers l'évier en retroussant les manches de sa veste de laine.

— C'était qui, au téléphone ?

— Gaston.

— Il va bien ?

— Oui.

Fernand se lava les mains rapidement tandis que sa femme allait ouvrir la porte à Maurice et Nicole qui revenaient de l'école. Elle les aida à enlever leurs manteaux et leurs bottes de caoutchouc bordées de fourrure de mouton beige et les invita à passer aux toilettes avant de s'attabler. Elle alla chercher Bernadette, qui jouait avec sa poupée, assise dans un coin de la pièce, entre les deux chaises berçantes, juste en dessous des larges fenêtres qui laissaient passer une lumière blanche. Elle la dirigea d'une main ferme vers la table et l'installa sur une chaise avant de la revêtir d'un tablier aux couleurs vives.

— J'te dis que j'ai hâte d'arriver au congé des Fêtes! déclara Fernand en prenant place à son tour.

— Moi, ces jours-ci, j'ai plutôt hâte que tout soit fini… soupira sa femme.

Henriette marcha vers la cuisinière sur laquelle reposait un gros chaudron de marque Wearever. Elle en souleva le couvercle qu'elle déposa sur le comptoir, s'empara d'un des bols d'une main et de la louche de l'autre. D'un geste machinal, elle plongea la louche dans la soupe aux pois, qu'elle avait fait mijoter toute la matinée, avant d'en verser le contenu dans le bol.

La mère de famille servit d'abord Fernand, puis les enfants, avant de se servir sa portion et de s'installer à table.

Fernand s'empressa de réciter le bénédicité, comme il le faisait à chaque repas:

— Au nom du Père et du Fils et du Saint-Esprit… Mon Dieu, bénissez ce repas, celle qui l'a préparé, et donnez du pain à ceux qui n'en ont pas. Ainsi soit-il.

Tous les membres de la famille se signèrent de la croix, sauf la petite Bernadette qui plongea sa petite cuillère dans son bol.

— Attention, c'est chaud! Souffle dessus avant de le mettre dans ta bouche, lui recommanda sa mère.

La cadette de la famille se nourrissait seule depuis peu et Henriette préférait essuyer quelques dégâts que de se soustraire à cette nouvelle liberté.

Maurice et Nicole avaient presque déjà terminé leur soupe et en redemandaient.

— C'est pas drôle, faire maigre et jeûner pendant l'Avent. Et c'est vendredi, en plus… se plaignit le père de famille qui n'était pas tellement friand de soupes et de légumes, et qui aurait bien aimé savourer un bon morceau de viande.

— Dis pas ça devant les enfants, voyons ! le réprimanda sa femme. Et puis Noël s'en vient. On aura amplement de viande et de sucreries.

— Tourne pas le fer dans la plaie ! se braqua Fernand. Tu sais bien que je peux plus manger de sucré.

— Tu pourras en manger un peu. T'as le droit à une petite récompense.

— Si c'est pour mal filer après, pis que mon diabète remonte, j'aime mieux pas.

— C'est toi qui le sais, rétorqua simplement Henriette en se levant de table et en servant une seconde portion à tout le monde.

Depuis leur dispute, malgré une réconciliation qui leur avait fait croire que leur union avait repris du galon, un froid persistait. La tendresse et l'affection étaient toujours au rendez-vous, mais la confiance demeurait fragile. Avec la besogne préparatoire aux festivités à venir, Fernand et Henriette n'échangeaient que des propos routiniers qui avaient trait, plus souvent qu'autrement, au déroulement de leurs journées ou, dernièrement, au réveillon qui approchait.

Quand le soir les ramenait dans le lit conjugal, Henriette appuyait sa tête fatiguée sur l'oreiller et fermait les yeux aussitôt, cherchant une sérénité dont elle avait besoin pour rassembler ses idées. À son côté, les ronflements de son mari montaient rapidement en crescendo, signes évidents de son épuisement. Il leur était devenu plus difficile de renouer avec les confidences d'autrefois. Comme si chacun avait quelque chose à cacher à l'autre. Le temps, hélas ! ne guérissait pas la blessure que lui avait causée la jalousie de Fernand. De plus, Henriette demeurait insatisfaite des alibis que son mari lui donnait pour expliquer ses nombreuses absences.

La suspicion persistait, amère et tenace.

— Donc, c'était Gaston, au téléphone tantôt ?

— Oui, répondit-elle en reprenant place à la table.

— Il va venir au réveillon ?

— Il manquerait pas ça pour tout l'or du monde ! Il a tellement hâte de revoir Estelle !

— Et toi ?

— Moi aussi, je peux pas te le cacher… soupira Henriette dans un demi-sourire. J'ai surtout hâte de rencontrer son mari.

— Moi, je soupçonne Gaston d'être pressé de nous présenter son ami de cœur, tenta Fernand, narquois.

— Dis pas ça devant les enfants ! le sermonna sa femme en roulant des yeux ronds.

— Ils comprennent pas de quoi je parle...

— Y sont pas si innocents que tu penses, coupa sa femme.

— De là à savoir que…

— Bon ! On peut changer de sujet ?

Fernand termina la dernière lampée de soupe aux pois, déposa sa cuillère au fond du bol vide et s'adossa à sa chaise.

— Veux-tu un biscuit ?

— J'en prendrais même deux.

— Tu sais que t'as droit qu'à un seul...

— Je sais, je sais, s'impatienta son mari.

Henriette se leva, alla chercher le paquet de biscuits au chocolat fourrés de guimauve.

— Est-ce qu'on peut en avoir aussi ? demanda Nicole.

— Non. Ce sont des biscuits réservés à papa…

— … parce qu'ils contiennent moins de sucre dedans, compléta Maurice en lançant un regard de connivence à son père.

— C'est ça, mon garçon ! Papa peut pas manger trop de sucre, confirma Fernand.

Nicole fit la moue tandis qu'Henriette posait devant les enfants un petit plat de Jell-O aux fraises.

— Dépêchez-vous ! Il vous reste seulement dix minutes avant de retourner à l'école, les avisa leur mère en jetant un coup d'œil à l'horloge accrochée au mur, à côté du réfrigérateur.

Les enfants s'exécutèrent en silence, tout comme Fernand qui, après avoir englouti son biscuit en deux bouchées, se leva de table.

— Moi aussi, je dois me dépêcher.

— T'as encore un peu de temps, l'usine est à deux minutes à pied.

— La secrétaire m'a demandé de lui donner un coup de main pour distribuer les cadeaux de fin d'année aux employés qui doivent partir plus tôt cet après-midi.

— Encore la boîte de noix et de bonbons, comme à tous les ans ?

— Cette année, y paraît que le patron a ajouté une dinde. Pour ceux qui ont une grosse famille, bien entendu, compléta Fernand.

— Une dinde ! Ouais... Il se laisse aller à la dépense, ton patron ! ironisa sa femme.

Fernand lui jeta un regard exaspéré. Si jamais les enfants répétaient ces paroles à l'école, il passerait pour un ingrat.

Henriette baissa les yeux. Fernand avait raison, elle devait faire attention. Bien malgré elle, Henriette n'approuvait pas la conduite du propriétaire de l'usine et, surtout, trouvait révoltant qu'il ne soit pas plus reconnaissant envers ses employés.

— Une augmentation de salaire aurait été un bien meilleur cadeau pour tout le monde, persifla-t-elle en enlevant les assiettes sales et en allant les déposer sur le comptoir avant d'ouvrir le robinet d'eau chaude.

Fernand ne répliqua pas, s'occupant à aider les enfants à s'habiller. Lui-même revêtit son manteau, ses bottes et son chapeau avant de sortir à la suite de Maurice et Nicole.

— À ce soir, lança-t-il, une main sur la poignée de la porte.

Henriette ne lui retourna pas son salut, plongea les deux mains dans l'eau chaude et savonneuse pour s'acharner sur les assiettes sales. Des larmes amères coulèrent sur ses joues et se mêlèrent à l'eau de vaisselle.

Bien qu'elle n'ait pas grand-chose à reprocher à son mari, son état d'inférieure la frappait de plein fouet et elle pria le ciel que les temps changent afin que ses filles ne soient plus soumises aux règles édictées par les hommes.

— On peut plus continuer à vivre de même… murmura-t-elle, faisant écho à ses pensées moroses.

Chapitre 20

Le revenant

— *Ave Maria Gratia plena*
Maria Gratia plena
Maria Gratia plena
Ave, ave dominus
Dominus tecum

La voix de ténor de Fernand Dupré remplissait la nef où les fidèles défilaient vers la Sainte Table pour y recevoir la communion.

Assise sur le banc familial, Maurice et Nicole à ses côtés, Henriette avait revêtu son nouveau manteau orné d'un collet en martre, cadeau de Noël de son époux. Elle avait fière allure avec son chapeau de feutre vert pâle qui s'harmonisait bien avec le brun de la fourrure. Maurice, dans son nouvel habit gris souris et son manteau marine, ouvrait grand les yeux. Nicole, son bonnet de laine beige de travers sur sa chevelure bouclée, jouait nerveusement avec les rubans du mantelet de laine violette qu'elle avait reçu en cadeau et qui créait un bel ensemble avec son manteau de lainage de la même couleur que sa coiffe. La petite Bernadette, endormie dans son lit à cette heure de la nuit, avait été laissée aux bons soins d'Adrien et de Berthe, qui avaient depuis longtemps délaissé les saints offices.

Estelle, Joe et Lysa, arrivés quelques heures auparavant, s'étaient installés sur les bancs à l'arrière de l'église bondée. Henriette aurait bien aimé les accueillir sur le banc familial, mais il n'y avait de la place que pour une seule autre personne. Gaston et son ami, quant à eux, étaient arrivés trop tard et n'avaient pu trouver des places assises. Ils se tenaient debout, près de la porte du jubé. Liliane, Benoît et leurs trois enfants n'arriveraient que pour le réveillon.

« Au moins, Berthe et Adrien peuvent entretenir une attisée dans le poêle », se rassurait Henriette, qui avait tout préparé avant de partir pour la messe.

La mère de famille se cala contre le dossier du banc, croisa les mains sur ses genoux et laissa libre cours à ses pensées. Elle s'imprégna des odeurs et des sons de cet univers où on pouvait encore croire en un monde de bonté et de générosité. Elle y puisa une sérénité bienfaisante dont elle avait grandement besoin pour rassembler les idées confuses qui la hantaient depuis sa rencontre avec le pauvre garçon au bec-de-lièvre.

Elle s'en voulut un moment de ne pas avoir demandé l'aide de son beau-frère.

« Tu trouveras bien un moyen… », la rassura la voix de sa conscience.

Henriette porta son regard vers la crèche autour de laquelle des enfants de chœur, en soutane et surplis bien repassés, accompagnaient le prêtre venu bénir l'Enfant-Dieu. L'un d'entre eux agitait l'encensoir duquel sortait une fumée grise et odorante.

Elle se laissa aller à sa béatitude et baissa les paupières. Des larmes lui montèrent aux yeux, signes d'une foi renforcée, et elle se sentit moins harassée par tous les tracas qui l'attendaient au sortir de cette messe.

La présence d'Estelle et de son mari dans les parages était inespérée et elle devrait profiter de ce moment pour organiser une rencontre avec l'enfant et, pourquoi pas, la directrice de l'Hôtel-Dieu. Pour le moment, l'heure était aux réjouissances et elle devait davantage se concentrer sur le réveillon.

Tout au long du chant, Maurice et Nicole tournaient la tête vers le jubé à la recherche de leur père qui, comme à tous les Noëls depuis bientôt dix ans, était le premier ténor de la chorale du village. Le garçon était fier de son papa et il avait bien averti Nicole de rester sage pendant la messe, sinon elle n'aurait pas de cadeaux.

Henriette hésitait à jeter un coup d'œil vers le jubé, malgré la fierté qui l'animait chaque fois que la voix chaude et puissante de son époux emplissait l'enceinte et faisait vibrer les cœurs des croyants. Elle balaya plutôt d'un regard curieux les villageois qui avaient revêtu leurs plus beaux atours et qui s'entassaient sur les bancs tout près.

Elle vit d'abord la famille d'Eugène Martin, un banc à la gauche du sien. Les trois filles de la famille arboraient, comme d'habitude, des manteaux aux teintes sombres, leurs longues chevelures couleur de miel s'étalant sur leur dos. Un peu plus loin, vers la gauche, le couple Pépin, qui habitait rue Montcalm, à proximité de la demeure des Dupré, se tenait coude à coude, l'homme et la femme quelque peu bousculés par leur gendre, leur fille et leurs trois enfants qui se chamaillaient en sourdine.

Henriette porta son regard de l'autre côté de l'allée. Elle y vit celle que l'on surnommait la « veuve du disparu », Marie-Louise Deschamps. La guerre lui avait ravi son mari, Germain Dubreuil, qui avait pris part au débarquement de Normandie et dont personne n'avait eu de nouvelles depuis. Certains présumaient que le soldat avait probablement été fait prisonnier par les Allemands. D'autres croyaient dur comme fer que le pauvre homme, s'il avait survécu au carnage, avait assurément perdu la mémoire et qu'il devait errer dans les rues d'une ville, bien loin d'ici, en Europe.

Henriette songea un instant à la misère de cet homme. À la peine aussi de celle qui s'était juré de l'attendre toute sa vie, malgré les paroles d'encouragement de ses parents et amis qui lui avaient conseillé de refaire sa vie.

Pendant sept longues années, l'épouse avait gardé espoir, priant Dieu de ramener son Germain jusqu'à elle.

Henriette éprouva une profonde pitié pour toutes ces femmes que le deuil rendait esseulées et vulnérables et se rendit compte qu'elle-même pourrait un jour se retrouver dans la même situation. Ce constat lui fit peur. Elle songea à la maladie de Fernand qui pouvait s'aggraver et à sa possible liaison avec une autre femme qui le pousserait à la délaisser, comme l'avait fait Philippe avec Jeanne.

Les dernières nouvelles de sa cousine laissaient entendre qu'elle avait trouvé l'amour et que des fiançailles seraient prochainement annoncées. Le temps effaçait les blessures.

« Les cicatrices nourrissent les souvenirs », disait souvent sa mère Clara.

« Mon Dieu, faites que ça m'arrive jamais ! », pria-t-elle avec ferveur.

Elle osa un second regard vers celle qui, depuis l'an dernier, avait cédé à la demande d'un jeune veuf de la courtiser. Durant les premières semaines de cette rencontre, tout le village l'avait vue revivre. Elle qui traînait sa peine depuis si longtemps était devenue méconnaissable tellement son sourire illuminait ses traits quand elle se promenait au bras de son nouvel amoureux, Normand Vertefeuille.

Les communiants revenaient à la file indienne. Un inconnu s'approchait. C'était un homme corpulent, aux cheveux noirs et bouclés. Ce qui lui apparut comme une tache de naissance lie-de-vin couvrait sa joue droite. Il avait raccourci sa foulée et stoppa soudain dans l'allée qui les séparait, incertain. Henriette prit note de ses traits durs. Ses épais sourcils dressés au-dessus d'un regard froid la glacèrent sur place et elle baissa la tête, apeurée. Après une courte hésitation, il prit place à ses côtés. Henriette fit glisser ses fesses sur sa gauche, tassant Maurice et Nicole, qui se serrèrent sur le banc. L'arrivée inopinée de cet étranger sur le banc réservé à sa famille la choqua et elle décida de faire sentir son désaccord à cet intrus.

Elle leva le front vers lui, prête à lui demander de changer de place quand un sentiment étrange la tétanisa.

Ce profil au menton volontaire, ce nez aquilin, cette barbe fournie et parsemée de fils blancs, ce paletot défraîchi, ces mains aux doigts crochus, tout en ce personnage lui donna la chair de poule. Quand il tourna la tête vers elle, dévoilant la peau de son front marquée de cicatrices, abasourdie, Henriette porta une main à sa bouche.

Dans le jubé, Fernand avait bien aperçu cet étranger aux côtés de sa femme et, s'il n'avait pas été contraint de demeurer avec les choristes, il serait descendu dans la nef et aurait fait savoir à cet intrus qu'il n'était pas à sa place. À côté de lui, Normand Vertefeuille, qui s'était joint à la chorale depuis la mort de son épouse, lui donna un coup de coude et, d'un mouvement de la tête, désigna le banc.

— C'est qui ce gars-là ? Il me semble que je l'ai déjà vu quelque part…

Le dernier communiant quittait la Sainte Table. L'officiant la quitta aussi, les servants de messe sur ses talons. Il se dirigea vers l'autel, fit une génuflexion et termina son rituel avec des gestes précis et mille fois répétés.

Entre-temps, les fidèles avaient rejoint leurs bancs et Henriette tentait tant bien que mal de garder son sang-froid et surtout de maîtriser la nervosité de ses enfants. La messe s'éternisait et Nicole, fatiguée, tenta de s'allonger. Maurice la réprimanda et la fillette se pressa contre sa mère en jetant des regards inquiets au personnage qui fermait l'accès au banc familial.

Le prêtre se tourna enfin vers son auditoire et il les bénit :

— *Benedicat vos omnipotens Deus, Pater et Filius et Spiritus Sanctus.*

L'orgue entama l'introduction du *Il est né le divin enfant* et les voix des choristes s'élevèrent pour le dernier chant.

Inquiet, Maurice se tourna vers le jubé, quêtant de son père un sourire sécurisant.

Fernand lui fit un petit signe de la main, tout en continuant de mêler sa voix aux autres. Il suivait des yeux l'étranger qui avait quitté le banc pour aller se dresser aux côtés de Marie-Louise Deschamps, lui barrant littéralement la route.

Celle-ci leva vers l'intrus un menton volontaire et lui lança un regard furibond quand soudain son visage blêmit. Pareil à une plainte, un cri s'échappa de sa gorge, réduit au silence par la rumeur de la cohue.

Marie-Louise, la « veuve du disparu », s'effondra contre l'inconnu qui la reçut sur son cœur.

Germain était de retour…

Chapitre 21

Les festivités

Dehors, le grésil s'accumulait dans les rues et sur les trottoirs comme un tapis de verre mouvant.

Le réveillon avait été un franc succès et la distribution des cadeaux avait donné lieu à une véritable frénésie. L'espace sous le sapin était rempli de boîtes multicolores et enguirlandées qui avaient fait la joie des enfants et des grands. Henriette et Fernand avaient reçu d'Estelle et de Joe un 78 tours de Bing Crosby, gravé de la chanson *Too-ra-loo-ra-loo-ra*, qui faisait fureur aux États-Unis. Gaston avait offert à Henriette un magnifique foulard de soie et à Fernand une montre. Adrien et Berthe avaient gâté les enfants avec des ballons, des cordes à danser et des cerceaux.

Lysa et Nicole avaient tout de suite fraternisé malgré la différence des langues, tandis que Maurice avait trouvé un complice en la personne de Marcel, le fils de Liliane et de Benoît. De leurs côtés, Fernand, Joe,

Adrien et Benoît avaient sympathisé autour de deux bouteilles de brandy et de whisky, cadeaux d'Adrien et de Berthe. Gaston et son ami Arthur, un comédien de Montréal qui apparaissait de plus en plus souvent dans des publicités télévisées et qui prêtait sa voix chaude et grave à des radiothéâtres, avaient invité les femmes à se regrouper autour de la table de la cuisine pour une partie de cartes. Les cris et les rires fusaient dans la maison. L'ambiance était à la fête et Henriette était heureuse. Elle attendait le bon moment pour prendre Gaston et Estelle à l'écart afin de mettre en œuvre le projet de la rencontre avec le garçon de l'Hôtel-Dieu.

« Tu dois en profiter pendant qu'elle est au Canada. Après, ça va être une affaire classée », la harcelait la voix de sa conscience.

Henriette aurait bien aimé pouvoir investiguer davantage afin de s'assurer qu'il s'agissait bien du fils tant espéré. Les préparatifs des célébrations ne lui avaient laissé aucun répit, aucune occasion de retourner à l'Hôtel-Dieu. Elle aurait espéré compter sur l'assistance de Rosario, déjà en place, mais elle aurait été dans l'obligation de mettre son beau-frère dans le secret et elle n'était pas du tout certaine de la réaction de celui-ci. De plus, tout laissait présager que cet enfant était attardé. Son regard vide, son teint blême, son attitude amorphe…

« Si c'est le cas, vaudrait mieux le laisser là où il est », se convainquit-elle.

*

— J'te dis que j'aurais pas aimé être à la place de la pauvre femme, déclara Berthe en s'emparant d'une assiette mouillée qu'elle essuya avec vigueur.

— Moi non plus ! Tu parles d'une mauvaise surprise ! Après quasiment huit ans… renchérit Liliane qui déposait une tasse de porcelaine blanche dans l'armoire.

— Vous auriez dû le voir quand il est revenu de la communion et qu'il s'est assis sur le banc… commença Henriette, sans lever les yeux du chaudron qu'elle récurait.

L'image du visage de Germain – le disparu –, de son regard hagard, de la cicatrice qui marquait sa chair flotta un moment sur le nuage de bulles blanches.

— Il avait l'air d'un mort-vivant… compléta-t-elle en déposant le chaudron propre entre les mains d'Estelle qui attendait.

— Vous allez trop vite, les filles ! Elle peut pas fournir, s'impatienta-t-elle.

— Bon, bon ! Énerve-toi pas, la grande sœur ! la taquina Estelle.

Les rires des femmes s'élevèrent dans la cuisine surchauffée où se mêlaient l'odeur de tabac et celle des plats délicieux dont chacun s'était rassasié.

— Moi, c'est de Normand dont je m'inquiète, dit Fernand en venant déposer un verre sale sur le comptoir.

— Ouais… c'est de valeur pour lui, dit Liliane. Quand devaient-ils se marier ?

— À Pâques.

— Il était tout rouge quand il est sorti de l'église, ajouta Henriette en s'emparant du verre et en le plongeant dans l'eau de vaisselle, qui avait pris une teinte grisâtre.

— Rouge de colère, probablement, ajouta Liliane.

— Moi je pense qu'il devait retenir ses larmes, dit Fernand.

— Adrien me disait tantôt que, selon la loi, après sept ans, Marie-Louise et Germain ne sont plus considérés comme mariés. C'est vrai, ça ? demanda Berthe.

— Ça veut dire quoi au juste ? interrogea Estelle.

— Que Marie-Louise est libre de se marier avec qui elle veut, répondit Fernand avant d'aller s'asseoir près des hommes, qui jasaient maintenant politique.

Les femmes terminèrent leur besogne en silence. Henriette enleva le bouchon au fond de l'évier, s'essuya les mains sur son tablier et termina de sécher le comptoir.

— On est prêtes pour jouer aux cartes, lança Estelle à l'adresse de Gaston et de son copain.

*

— T'as encore gagné, maudit chanceux ! s'exclama Gaston.

— Que veux-tu... Quand on sait jouer... le taquina son amoureux.

Arthur et Gaston échangèrent des œillades complices qui n'échappèrent pas à Henriette. Elle les trouva beaux. Beaux et différents. La connivence qui les liait renforçait inévitablement leur amour secret. Elle envia leur liberté, même si elle savait qu'ils ne pourraient jamais vivre leur passion au grand jour.

Elle eut soudain une pensée pour Ross Miles. Où était-il en ce moment ? Que faisait-il ? Était-il seul dans son atelier ou était-il retourné dans son pays ? La nouvelle de son divorce l'avait remuée, certes, mais depuis la dispute avec Fernand, Henriette savait que la liberté retrouvée du peintre ne ferait que jeter de l'huile sur le feu de la jalousie de Fernand si jamais elle le revoyait. Ne serait-ce que par hasard. Il valait mieux qu'il ne réapparaisse plus dans leur vie. Il en allait du bonheur de son couple.

— Henriette ! T'es dans la lune !

La voix de Liliane la sortit de sa rêverie.

— Excuse-moi. Je pense que je suis un peu fatiguée… dit-elle en se défaussant d'une carte.

— C'est normal, t'as tellement travaillé pour le réveillon, rappela Estelle.

Les deux sœurs échangèrent un sourire. Estelle était radieuse. Son aînée remercia le Ciel d'avoir placé Joe Ochal sur la route de celle qui avait vécu l'enfer. Les stigmates des erreurs passées avaient disparu avec les années. Le temps avait pansé les blessures et Henriette se demanda s'il ne serait pas mieux de cesser de rechercher l'enfant.

— Savez-vous qu'Arthur a fait de la figuration dans le film *La Loi du silence*, d'Alfred Hitchcock, qui a été tourné à Québec en août dernier ? annonça Gaston avec un brin de fierté dans la voix.

Des « Oh ! » et des « Ah ! » s'élevèrent du groupe des joueurs.

Benoît et Fernand cessèrent un moment de parler politique et prêtèrent l'oreille aux explications de celui qui, sans le vouloir, avait été mis sur la sellette.

— C'était juste une petite figuration. Pas un grand rôle… commença le comédien.

— Sois pas si modeste ! C'est quand même un grand réalisateur, Alfred Hitchcock ! le sermonna gentiment Gaston. Et puis tu as côtoyé Montgomery Clift, Anne Baxter, Karl Malden. Il y avait aussi Ovila

Légaré et Gilles Pelletier, deux acteurs de chez nous. C'est pas rien, ça ! Tu peux être fier de toi !

Il but une gorgée de bière avant d'enchaîner :

— Y paraît qu'Hitchcock a auditionné pas moins de 300 jeunes filles de Québec pour deux rôles. C'est une certaine Renée Hudon et l'autre... ah, oui ! Carmen Gingras qui ont eu les rôles. C'est ça, hein ? demanda-t-il à Arthur.

Celui-ci approuva d'un hochement de tête.

— Pourquoi venir tourner ça à Québec ? demanda Fernand.

— Y paraît que le décor était parfait pour l'histoire... Certains disent qu'il a voulu le tourner en Irlande, mais que les évêques là-bas s'y sont opposés, répondit Arthur.

— Il a tourné à Québec, tu dis ? Où exactement ? questionna Benoît, de plus en plus curieux.

— Dans les rues du Vieux-Québec, mais aussi dans l'église de Limoilou, répondit encore l'ami de Gaston.

— De quoi ça parle, ce film-là ? demanda Adrien.

— Ça raconte l'histoire d'un prêtre accusé à tort d'un meurtre. Il a reçu en confession le sacristain de son église, qui est le vrai meurtrier. Mais à cause du serment du confessionnal, il peut pas le dénoncer, expliqua Arthur.

— C'est vrai, ça ! Les curés ont pas le droit de révéler ce que leur racontent les gens qui viennent se faire donner l'absolution de leurs péchés, confirma Gaston.

— S'il fallait que tout le monde sache les secrets de tout le monde ! s'exclama Benoît, les yeux ronds. Ça serait pas joli, joli…

— Le pire, c'est que le prêtre va être inculpé du meurtre à sa place, continua Arthur.

— Pourquoi donc ? interrogea Fernand à son tour.

— Parce que le bedeau avait mis une soutane pour pas se faire reconnaître. Pour brouiller les pistes… précisa Arthur.

Il se tut un moment avant d'ajouter :

— Le problème c'est qu'il ne peut pas se défendre parce qu'il était avec une femme le soir du meurtre.

Il se tut. Tous les regards se portèrent vers Arthur, attendant la suite de son histoire.

— Mais là j'en ai déjà trop dit. Il va falloir aller voir le film pour savoir la fin, termina-t-il dans un sourire moqueur.

— Ah, ben là ! s'exclamèrent plusieurs convives.

— Ça va passer dans quel théâtre ?

— La première mondiale est supposée se faire au Capitol de Québec en février prochain.

— Pensez-vous y aller ? demanda Henriette en s'adressant aux deux compères.

— Oui. On a déjà réservé une chambre…

— Chanceux ! Je te dis que c'est pas moi qui pourrais me permettre une seule petite journée de congé avec tout le travail de la ferme, lança Benoît en portant une pipe de maïs à ses lèvres surmontées d'une épaisse moustache brune.

Les journées de labeur demandaient bien des sacrifices à Benoît et Liliane. Les pauvres récoltes tirées de leur terre de roches ne leur laissaient que des dettes, qu'ils accumulaient sans trop savoir quand ni comment ils pourraient un jour les rembourser. Avec les enfants, la machinerie nouvelle à acheter pour faciliter le travail dans les champs, les bâtiments à réparer et à solidifier, le bois à couper, le soin des animaux, sans compter les multiples corvées auxquelles Benoît devait se soumettre, comme l'entretien des clôtures et des fossés le long du chemin de terre longeant sa propriété, le couple ne pouvait même pas rêver de prendre des vacances, comme y avaient droit les employés des usines.

— Pourquoi vous viendriez pas avec nous autres, à Québec, en février ? proposa Gaston à Henriette et Fernand. Vous avez pas parlé de faire un voyage de noces en retard ?

— C'est vrai ça, confirma Adrien. Ça serait le bon moment. D'autant plus que c'est le temps du Carnaval…

— On sait pas trop encore. Les enfants… commença Henriette.

— On va les garder, vos enfants, intervint Berthe.

— Je sais pas si je vais pouvoir prendre congé à l'usine, dit Fernand.

— Ça te fera pas mourir de pas travailler un samedi matin… Depuis le temps que t'es employé chez Homer Dufresne. Il peut pas te refuser ça !

Adrien avait raison. Il pourrait bien, pour deux jours seulement, changer un peu la routine de sa vie. Pas de samedi matin devant sa machine… Pas de chorale le dimanche non plus…

Fernand se tourna vers sa femme, quêtant sa bénédiction.

D'un hochement de tête, Henriette approuva le projet en souriant.

— À la bonne heure ! À votre voyage de noces à Québec ! s'exclama Gaston, en levant son verre, imité par tous les parents et amis rassemblés autour du couple Dupré.

Chapitre 22

La rencontre

— Bonjour Rosario. Tiens, c'est pour toi ! s'exclama Fernand en entrant dans la chambre de son frère toujours patient de l'Hôtel-Dieu.

Les rideaux tirés gardaient les lieux dans la pénombre et Rosario, assis dans un fauteuil près de la fenêtre, semblait sommeiller.

— Rosario ? tenta Adrien à son tour.

L'interpellé ouvrit enfin les yeux.

— Ah, ben ! De la belle visite ! déclara-t-il en levant la tête vers ses deux frères.

Il fut soudain saisi d'une quinte de toux.

— Tu fumes trop, le frère, constata Adrien.

— J'ai plus que ça pour me désennuyer, se défendit Rosario.

Il fouilla dans la poche de sa veste, en retira un mouchoir chiffonné dans lequel il se moucha bruyamment avant de le remettre à sa place.

— Vous êtes juste tous les deux ? demanda le malade.

— Non, nos femmes sont venues avec nous, dit Adrien.

— Il y a Estelle, aussi. Tu sais, la petite sœur d'Henriette.

Rosario s'étira le cou et regarda vers la porte.

— Elles sont allées voir quelqu'un qu'elles connaissaient, qu'elles m'ont dit, expliqua Fernand.

Il lui tendit un paquet enveloppé de papier rouge et blanc et garni d'un ruban vert.

— Tiens ! Un cadeau !

Rosario s'en empara et défit avec lenteur la boucle. Adrien et Fernand remarquèrent la raideur de ses doigts, la tache de nicotine sur son index droit, preuve que Rosario devait fumer plus que de coutume, sa respiration sifflante, ses cheveux gris et ternes, le teint blafard. Rosario dépérissait à vue d'œil et Fernand s'en alarma.

— Manges-tu à ta faim ici ? s'enquit-il.

— J'ai pas beaucoup d'appétit depuis quelque temps.

— Marches-tu un peu ou ben passes-tu tes journées assis dans ton fauteuil ou couché dans ton lit ? demanda à son tour Adrien.

Rosario émit un petit rire.

— Tu sais ben que j'suis pas comme toi, un vrai chevreau qui court partout, pas capable de rester deux minutes tranquille…

— J'ai changé, tu sauras… répliqua son benjamin.

— C'est vrai qu'il est plus tranquille, confirma Fernand avec un coup d'œil complice à celui qui était devenu un véritable ami.

Rosario réussit enfin à déballer le paquet.

— Du bon sucre à la crème ! Pis des biscuits au beurre…

— Henriette a fait ça juste pour toi, dit Fernand.

— Elle est ben fine, ta femme.

— Et ben belle aussi, ajouta Adrien.

Ce constat, Fernand l'avait fait lors d'une visite impromptue dans l'atelier d'un peintre amoureux.

— Où est-ce qu'elle est, la belle Henriette, que je la remercie pour son beau cadeau ? demanda Rosario en ouvrant la boîte.

— Elle devrait pas tarder, dit Adrien en prenant place sur le lit.

— On serait pas mieux dans la salle des bazars, en bas ? C'est tout décoré, pis y paraît qu'y a une jolie crèche installée, suggéra Fernand qui n'aimait pas l'atmosphère morose de la chambre.

— C'est une bonne idée, approuva Adrien en se relevant.

— Ça va me prendre la chaise roulante, dit Rosario en désignant de son index tendu le fauteuil placé dans le coin de la pièce.

Fernand s'empressa d'aller le chercher, le cœur lourd de constater l'état de déchéance dans lequel son frère bien-aimé se retrouvait.

À presque cinquante ans, Rosario traînait sa peine comme peu de gens avaient la malchance de le faire. La résilience dont il faisait preuve depuis son accident était plus que remarquable. La folie de sa femme, ajoutée à la douleur de ne plus la revoir pendant son incarcération, avait dû le chagriner au point de ne plus jamais en parler. Rosario était de ces êtres à qui la vie ne fait pas de cadeaux et qui avancent à pas lents et incertains dans un univers semé d'embûches. Pourtant, il ne s'était jamais révolté. Jamais plaint non plus.

«Il méritait pas ça», songea Fernand en serrant plus fort les bras du fauteuil qu'il poussa en direction de celui qui, même avec l'aide d'Adrien, avait du mal à se mettre debout.

Les deux frères aidèrent l'invalide à prendre place dans le fauteuil roulant et quittèrent la pièce, la boîte de friandises laissée sur le coin du lit.

*

De leur côté, Henriette, Estelle et Berthe qui avait été mise dans la confidence, assises dans le bureau de la supérieure des sœurs de la Charité, qui géraient l'Hôtel-Dieu de Saint-Hyacinthe, attendaient avec impatience l'arrivée de celui qu'elles recherchaient.

Henriette épiait Estelle, qui gardait la tête baissée sur un chapelet de cristal de roche qu'elle égrenait avec une nervosité évidente. Ses lèvres remuaient au rythme des prières silencieuses et la sœur aînée crut apercevoir des larmes s'accrocher au bout de ses cils.

— Ça va aller ? demanda-t-elle tout bas.

Estelle hocha la tête sans la regarder.

Le lendemain du réveillon, quand Henriette avait eu enfin l'opportunité de l'informer de sa découverte à propos des jumeaux qu'elle avait eus, mais surtout de sa rencontre avec l'enfant au bec-de-lièvre, Estelle avait tout de suite voulu se rendre sur place, avançant qu'il ne lui restait que deux jours avant de retourner aux États-Unis. Henriette lui avait fait comprendre que, même s'il s'agissait vraiment de son fils, les procédures pour une adoption prendraient assurément un certain temps. À moins de trouver un arrangement avec les religieuses.

— Et s'il est attardé ? Vas-tu le prendre quand même ? lui avait demandé Berthe.

— Je sais pas… Je dois le voir avant de prendre une décision, avait-elle répondu, évasive.

Estelle n'avait pas osé mettre son mari au courant tout de suite. Elle devait d'abord vérifier si ce garçon était vraiment le sien. Si c'était bien le cas, elle déterminerait ensuite si une maladie mentale trop grave ne l'affligeait pas.

Quand son mari avait proposé de l'accompagner, Estelle avait prétexté vouloir se retrouver entre femmes, au cas où elles auraient le temps d'aller fouiner un peu dans les magasins de la rue des Cascades. Joe n'avait pas rechigné, content de pouvoir aller visiter les environs en voiture pour admirer les paysages qui n'étaient en rien comparables à ceux de Bristol où le couple avait élu résidence.

Joe était un homme tranquille qui adorait la pêche mais pas la chasse. Il avait connu son lot de tueries pendant la guerre de Corée, au cours de laquelle il avait été fait prisonnier. Depuis son internement dans cette prison coréenne où il attendait sa mise à mort, ce Polonais d'origine avait appris que la vie ne tenait qu'à un fil et que ce fil était bien fragile. Dès le premier jour de sa réclusion, il avait été placé dans une cage de bambou où il avait peine à bouger. Replié sur lui-même, il avait eu recours aux prières pour oublier les douleurs que lui infligeait cette torture. À ses bourreaux qui le surveillaient jour et nuit, il ne voulait montrer aucune faiblesse, aucune peur. Il tentait de conserver un calme et une paix intérieure que seuls la prière et le recueillement pouvaient apporter. Après un peu plus de cinq longues journées de ce supplice, il avait été transféré dans une cellule obscure, sans nourriture et sans eau, attendant de se rendre au peloton d'exécution. Ses geôliers ne lui adressaient la parole que pour l'insulter dans leur langue. Quelques-uns lui crachaient au visage… Mais Joe n'avait jamais bronché.

Un soir, cependant, alors qu'il priait Dieu de lui apporter la délivrance, la porte de sa prison s'était ouverte sur un prêtre venu le confesser et lui porter le corps du Christ avant son exécution prévue le lendemain, à l'aube.

Pour la première fois, Joe s'était laissé aller et avait pleuré toutes les larmes de son corps, affichant sans fausse honte son désarroi à ce dernier confident. Il lui avait parlé de sa femme, Anna, et de son fils, Francis, qu'il avait abandonnés pour servir son pays d'adoption. Il avait parlé des projets qu'il avait échafaudés pendant cette courte détention et que, s'il survivait, il mettrait en œuvre dès son retour.

Le prêtre avait écouté la confession de cet homme de cœur et d'honneur. Il l'avait béni et lui avait donné la communion avant de lui demander d'échanger ses vêtements contre sa bure. Joe avait d'abord cru à une farce, mais le pasteur s'était déjà déplacé vers un recoin de la pièce où les gardes ne pouvaient pas le voir et avait commencé à se dévêtir en hâte. Il avait fait signe à Joe de venir le rejoindre. Les hommes avaient échangé leurs habits en vitesse avant de reprendre place au centre de la cellule.

— Bénissez-moi, mon père, avait alors dit haut et fort le prêtre à l'adresse de Joe qui avait obéi en pleurant.

Le saint homme s'était signé de la croix avant de retraiter vers le fond de la cellule où il s'était recroquevillé par terre, comme il avait découvert le prisonnier à son arrivée, dos à la porte par laquelle Joe Ochal avait quitté la cellule, son visage à demi caché par le capuchon de la bure, sous le nez des gardes.

De retour chez lui, Joe s'était consacré à aider les autres. Les vétérans, surtout. Ceux qui revenaient de la guerre, blessés tant dans leur âme que dans leur chair. Il avait aussi formé un groupe de bénévoles pour accompagner les veuves et les orphelins dans leur deuil. Sa foi, il la puisait dans l'amour de son prochain et le don de soi. Il fréquentait assidûment l'église de sa paroisse et travaillait de concert avec le prêtre et les communautés religieuses.

Sa première femme n'avait pas compris son besoin impérieux de se dévouer à son prochain. Lui, il n'avait pas compris la solitude de son épouse. Elle l'avait quitté un an après son retour de Corée. Huit mois plus tard, Joe avait fait la connaissance d'Estelle, cette petite femme dont le malheur marquait les traits. Il l'avait tout de suite aimée et le mariage avait été célébré très rapidement.

*

La porte s'ouvrit soudain. Les trois femmes sursautèrent avant de tourner la tête vers la religieuse accompagnée de l'enfant qu'Henriette avait rencontré une semaine plus tôt.

— Voici Luc, annonça la bonne sœur en poussant le garçon dans le dos.

Le petit s'approcha, craintif. Il reconnut aussitôt Henriette et lui sourit timidement. Le bec-de-lièvre déforma sa bouche en un rictus hideux.

Estelle porta une main à sa bouche pour étouffer un cri.

— Bonjour, Luc, dit Henriette.

— Bonjour, Luc, dit Berthe à son tour, en lui souriant gentiment.

— Bonjour, répondit le garçon.

— Tu vas bien ? continua Berthe.

— Oui.

— Luc est en très bonne santé, confirma la religieuse qui avait repris sa place derrière le bureau.

— Ça fait longtemps qu'il vit ici ? demanda enfin Estelle, sortant de son mutisme.

— Environ trois ans, si ma mémoire est bonne.

— Et où était-il, avant ? questionna Henriette.

— À l'orphelinat d'Youville, à Montréal.

— Savez-vous la date et le lieu de sa naissance ? demanda Estelle, de plus en plus nerveuse.

La religieuse chercha un moment dans sa mémoire avant de répondre :

— Nous savons que c'était chez les sœurs de la Miséricorde, mais nous ne sommes pas certaines si c'était en 1944 ou en 1945.

— Comment s'est-il retrouvé ici ? demanda encore Estelle.

— À cause de son handicap, l'enfant n'a pas trouvé de parents adoptifs. Comme vous le savez, les orphelinats sont bondés depuis plusieurs années et il faut bien trouver un endroit pour ces pauvres enfants…

— Mais pourquoi ici ? Je croyais que les orphelinats offraient l'éducation et prenaient soin des orphelins jusqu'à ce que… s'interrompit Estelle dont la voix aigüe démentait le calme qu'elle cherchait à afficher.

— Parce qu'il… hésita la religieuse.

Elle baissa les yeux sur ses mains jointes sur le bureau.

Les trois femmes attendaient, suspendues aux lèvres de celle qui saurait enfin leur dire la vérité.

— Parce qu'il affiche un léger retard…

Un silence lourd d'appréhension s'abattit sur le groupe.

— Vous comprenez ce que je veux dire… tenta la religieuse.

Les trois femmes hochèrent la tête.

— Après plusieurs tests, les religieuses enseignantes se sont aperçues qu'il n'avait pas la capacité mentale pour apprendre les matières scolaires de base. Dans un tel cas, les orphelinats placent les enfants dans des hospices où ils peuvent exercer un petit métier à la mesure de leurs compétences.

Elle fit une pause avant d'enchaîner:

— Luc est notre petit homme de ménage et il le fait très bien. En échange, nous lui offrons le gîte, la nourriture. Nous lui fournissons les vêtements, les soins et le gardons à l'abri d'une vie de misère.

Les femmes fixèrent cet enfant que la congrégation avait pris en charge, moyennant un travail d'esclave.

Henriette regarda Estelle qui ne parlait pas. Elle avait le teint blême et le regard perdu. Ses lèvres tremblaient, comme si elle retenait les larmes du chagrin qui l'étouffait. Berthe avait pris la main de l'enfant et s'était éloignée avec lui vers le fond de la pièce.

— Vous semblez très troublée, madame, nota la religieuse en s'adressant à Estelle qui tamponnait ses yeux avec son mouchoir de dentelle.

Celle-ci acquiesça en silence.

— C'est votre fils?

La question, directe, fit relever la tête de celle que la honte accablait toujours. Elle planta son regard fiévreux dans celui, franc et sincère, de celle qui avait choisi de consacrer sa vie aux plus démunis.

Estelle acquiesça de nouveau en laissant, cette fois, couler sa peine. Henriette lui entoura aussitôt les épaules d'un bras protecteur.

— Et son retard ? s'enquit Henriette.

— J'en ai vu des pires. Luc est un garçon travaillant et débrouillard. J'ai confiance en cet enfant et je le sais capable de donner le meilleur de lui-même s'il se sent aimé et protégé.

— Merci, ma sœur, murmura Estelle.

— Je ne fais que mon devoir de chrétienne, répondit sa vis-à-vis en lui souriant.

L'horloge accrochée au mur du bureau sonna deux coups.

— Il faudrait qu'on y aille, les hommes vont se demander ce qui nous prend tant de temps, conseilla Berthe en délaissant l'enfant et en venant se poster derrière les autres.

Estelle et Henriette se levèrent.

— Merci beaucoup, répéta Estelle.

— Oui, merci infiniment pour tout votre dévouement, ajouta Henriette.

La nonne les précéda vers la porte. Elle tendit la main à l'enfant qui s'en empara aussitôt, tout en jetant des coups d'œil curieux aux trois femmes qui les talonnaient.

— Bonne journée et surtout bonne année 1953 ! lança la religieuse avant de prendre congé de ses visiteuses.

Ces dernières se composèrent un visage neutre avant d'emprunter l'escalier qui les menait vers la chambre de Rosario où les hommes étaient revenus.

Chapitre 23

Le bonheur

Janvier avait croulé sous la neige. Les tempêtes qui s'abattaient sur les villes, les villages et les campagnes avaient gardé les gens reclus dans leurs demeures. Chez la famille Dupré, depuis le départ des derniers invités, le jour précédant la fête de l'Épiphanie, la vie avait repris son cours. Seuls Liliane, Benoît et leurs enfants étaient repartis le 25 décembre au matin.

— Mes animaux ont besoin de moi, avait prétexté le fermier avant de quitter la maison des Dupré par un froid de canard.

Les sœurs Camirand s'étaient étreintes un long moment, ne sachant pas combien de temps passerait avant qu'elles puissent se revoir.

Estelle, Joe et Lysa avaient été les derniers à retourner chez eux. Estelle avait préféré garder secrète la rencontre avec celui qu'elle croyait être son fils. Elle en discuterait longuement avec Joe, une fois revenue à Bristol.

Gaston et Arthur, quant à eux, étaient partis le 26 décembre, non sans avoir fait promettre à Fernand et Henriette de les retrouver à Québec le 15 février.

— Vous fêterez la Saint-Valentin en même temps que vous ferez le voyage. Vous aurez enfin un voyage de noces ! leur rappela le fils Camirand.

— Maudit qu'y fait frette ! bougonna Fernand en retirant ses bottes et en s'approchant du radiateur au-dessus duquel il tendit ses pieds gelés.

— Le dîner est prêt, annonça sa femme, affairée à la cuisine.

Les trois enfants étaient déjà attablés et attendaient, impatients, que leur mère leur serve la sauce blanche et onctueuse dans laquelle Henriette avait ajouté des carottes et des patates, un peu d'oignon et plusieurs œufs durs coupés en deux.

C'était vendredi et, comme c'était la règle édictée par l'Église, il leur était défendu de manger de la viande. À part les bâtonnets d'aiglefin panés qui n'étaient pas au goût de tout le monde, Henriette tentait tant bien que mal de trouver des recettes qui plairaient à tous. L'été, le problème ne se posait pas puisque les légumes du jardin étaient en quantité et variété abondante, et que la cuisinière pouvait toujours offrir à sa famille les produits frais de son jardin.

Mais l'hiver, c'était difficile…

Une fois les Fêtes passées, dans la chambre froide ne restaient plus que deux caisses de carottes conservées dans du sable, trois caisses de patates qui ne tarderaient pas à germer à l'approche du printemps, une de navets et une de choux. Sur les étagères s'alignaient encore quelques pots de confitures de fraises et de framboises, des betteraves dans le vinaigre, du ketchup rouge, des cornichons sucrés et deux bouteilles de vin de cerises sauvages, quatre de pissenlit et trois de betterave.

Chaque hiver, c'était la même chose : la routine s'installait jusque dans les assiettes et il fallait beaucoup d'imagination à la mère de famille pour trouver des recettes appétissantes et peu coûteuses.

— J'ai repensé au voyage à Québec, dit Henriette en prenant place près de son mari. Je suis plus sûre si c'est une si bonne idée.

— Tu vas pas revenir là-dessus ! s'impatienta Fernand. Ça fait au moins dix fois qu'on en parle…

— Exagère pas ! coupa-t-elle, impatiente à son tour.

— Pourquoi tu reviens toujours sur ta décision ?

— Je sais pas… Québec, c'est loin, pis on va faire quoi là-bas ?

— On va s'amuser.

— Je pense que je sais plus comment, avoua Henriette en faisant la moue.

— Ouais… Je pense que moi non plus je sais plus trop comment, reconnut Fernand à son tour.

Les époux se regardèrent un moment en échangeant un sourire triste.

— On travaille tout le temps… enchaîna Fernand.

— Oui. Et puis t'as recommencé à aller à tes réunions… osa Henriette en picorant nerveusement dans son assiette.

Voilà qu'elle se retrouvait isolée comme avant leur dispute.

Avec l'hiver rude qui sévissait, elle ne sortait presque pas, s'affairant à coudre, à cuisiner, à laver le linge et à écouter quelques émissions de télévision, le soir. Elle avait repris son tricot, espérant terminer le foulard de laine bleu et blanc, assorti à une nouvelle paire de mitaines et à une tuque qu'elle voulait offrir à Maurice.

— Il y a beaucoup de dossiers à travailler, expliqua son mari.

— Les Missionnaires, encore ?

— Oui… Surtout les Missionnaires, mentit Fernand, qui devait désormais assister à toutes les réunions de l'ordre.

La Patente s'était donné pour mission de recruter le plus de membres possibles. Chez les jeunes surtout. Il fallait que la jeunesse soit de plus en plus présente et active dans leurs projets. À l'une des dernières réunions, il avait été question de cette relève nécessaire à la pérennité de l'œuvre. Il fallait à tout prix trouver du sang neuf et surtout des âmes pures pour que tout ce qu'ils avaient mis en place ne meure pas.

« Ils en ont recruté pas moins de cinquante à travers la province, lui avait confié le curé Vigneault. Dans les séminaires surtout. Tous des jeunes sérieux et qui ont une bonne influence auprès de leurs confrères. Il y a un certain Bernard Landry, étudiant au Séminaire de Joliette qui, paraît-il, est très actif dans son milieu. Un excellent candidat ! »

— Ce soir, restes-tu à la maison ? demanda sa femme.

— J'ai promis à Normand que j'irais l'aider à réparer le tuyau de son lavabo.

— Te voilà plombier, en plus… ironisa Henriette.

— Tu sais ben que j'sais tout faire ! répondit Fernand avec un petit sourire en coin.

Henriette ne répliqua pas. Elle savait très bien que le tuyau qui fuyait n'était qu'un prétexte pour aller rendre visite à celui qui n'était plus que l'ombre de lui-même, depuis que Marie-Louise avait choisi de se remarier avec son Germain, comme l'autorisait la loi.

Le remariage avait eu lieu à peine une semaine après le retour de celui que tout le monde avait appris à oublier.

— Est-ce qu'il a assez à manger ? s'inquiéta Henriette.

— J'ai pas regardé dans son frigidaire, mais je pense qu'il cracherait pas sur tes bons biscuits à l'avoine.

— Fais-moi penser de t'en donner avant de partir, ce soir.

Depuis sa visite chez le peintre, Fernand n'avait plus jamais osé monter le ton contre celle qu'il savait dévouée et fidèle. Leur amour s'était un peu flétri, mais la tendresse et la loyauté demeuraient.

Le soir, après avoir volontairement oublié leurs prières, alors que leur foi s'estompait et que la maison craquait sous la gelée, les époux se retrouvaient sous la courtepointe et se serraient l'un contre l'autre, cherchant à la fois chaleur et réconfort. Ils restaient lovés dans le silence de la nuit, écoutant le vent siffler avec rage contre les fenêtres closes. Ils se savaient chanceux d'être ensemble, dans une quasi-certitude de bonheur.

— Ça fait longtemps qu'on n'a pas eu des nouvelles de Rosario, nota soudain Henriette.

— Pourquoi tu penses à lui, tout à coup ?

— Je sais pas. Ça vient de me passer par la tête.

Fernand s'assombrit.

— C'est vrai que ça fait au moins une semaine qu'il a pas téléphoné.

Les époux se fixèrent un moment, préoccupés.

— Je vais appeler à l'Hôtel-Dieu aussitôt que je serai revenu de chez Normand.

— C'est une bonne idée.

Les enfants avaient terminé leur repas et s'apprêtaient à sortir de table quand Fernand stoppa leur élan :

— Vous remerciez pas votre mère pour le bon repas ? les sermonna-t-il.

— Merci, maman ! dirent les enfants l'un après l'autre.

— Merci d'avoir tout mangé, conclut Henriette en ramassant les assiettes et en marchant vers le comptoir où, dans un geste mille fois répété, elle les déposa.

Fernand se leva à sa suite et entreprit de laver la vaisselle.

— Laisse, je vais le faire. Va plutôt voir ton ami Normand. Il a besoin de toi, murmura-t-elle.

Fernand l'embrassa sur la joue avant de se diriger vers la porte d'entrée où il s'habilla en hâte.

— Je reviendrai pas tard, lança-t-il en franchissant le seuil de la maison.

Henriette s'affaira au-dessus de l'évier qu'elle remplit d'eau chaude. Elle songea d'abord à Marie-Louise, qui avait retrouvé l'homme qu'elle avait toujours aimé, à Gaston qu'elle n'avait jamais vu aussi heureux, malgré les interdits et les menaces qui planaient sur ses amours, à Jeanne qu'elle savait désormais comblée par l'amour et qui ne vivait plus dans une perpétuelle insécurité financière depuis la mort de Philippe.

Elle eut une pensée pour Estelle, qui avait enfin retrouvé une certaine paix de l'esprit et qui, elle en était sûre, trouverait les mots pour convaincre Joe d'adopter le petit Luc.

Elle compara sa vie à la leur et se trouva chanceuse de mener une existence paisible, loin des tracas et des regrets.

Le visage de Ross Miles s'immisça dans sa tête, image fugace qui la surprenait soudain dans ces moments de béatitude. Elle la chassa d'un bref mouvement de tête et se concentra sur sa besogne.

Elle était heureuse et ne laisserait rien ni personne attenter à la paix retrouvée.

Chapitre 24

Le voyage de noces

Les quatre amis avaient fait le voyage dans un train bondé qui amenait jeunes et moins jeunes à Québec participer au carnaval.

— C'est le fun qu'il y ait un carnaval cette année, dit Arthur, qui marchait à côté de Gaston sur la place D'Youville où évoluaient des patineurs et des patineuses venus de tous les coins de la province.

— Y en a pas à chaque année ? demanda Fernand.

— Non, hélas ! Même si c'est le plus ancien carnaval d'hiver au monde, les deux guerres, et la Grande Dépression de 1929, surtout, ont interrompu les activités.

— C'est un peu normal… Les gens avaient pas d'argent à dépenser, répliqua Gaston.

— Ni le cœur à ça pendant la guerre, ajouta pensivement Henriette.

— Moi je pense que s'il n'y avait pas eu la première du film de Hitchcock, jeudi dernier, il n'y aurait probablement pas eu de carnaval non plus, conclut Arthur.

— T'as ben raison, confirma son amoureux.

Henriette leva la tête vers le théâtre Capitol sur la marquise duquel s'affichait encore, en grosses lettres noires, le titre du film : *LA LOI DU SILENCE.*

— J'aurais aimé ça être là quand tous les acteurs et les actrices ont marché sur le tapis rouge, soupira Arthur en affichant une moue boudeuse.

— C'est pas de ma faute si j'ai pas pu avoir congé… dit Gaston.

— Tu m'avais pourtant promis qu'on viendrait, bougonna son copain. Une chance que la propriétaire de l'auberge a accepté de changer les dates…

— Fais pas l'enfant, Arthur. Tu sais bien que j'ai tout fait pour te faire plaisir.

— T'aurais pu tout simplement pas y aller, travailler…

— Pis perdre ma job ? s'indigna Gaston en lui lançant un regard furieux.

À leurs côtés, Fernand et Henriette se taisaient. Respectueux, ils firent quelques pas pour s'éloigner du couple qui, visiblement, en avait long à se reprocher. Ils s'approchèrent de la patinoire centrale où les patineurs évoluaient au son d'une musique de Glenn Miller.

— Mon Dieu que ça a l'air facile quand on les regarde faire ! s'émerveilla Henriette, qui n'avait jamais chaussé de patins.

Elle se rappela ses sœurs qui allaient patiner avec les garçons pendant qu'elle restait avec sa mère pour l'aider.

Henriette n'avait jamais recherché les plaisirs des sports et des jeux. Quand, après une journée de travail comme bonne chez la dame Cadorette, dont la famille comptait neuf enfants, elle revenait fourbue et désenchantée, la seule vision de sa mère penchée sur une courtepointe à piquer ou sur des bas à repriser la poussait à aider celle qui se dévouait pour ses enfants.

— Regarde là-bas ! dit soudain Fernand. C'est monsieur Dufresne et sa femme.

Ces derniers sortaient du Palais Montcalm, dont l'immense terrasse surplombait la place D'Youville. Quand Homer Dufresne aperçut Fernand, il le salua d'un grand geste de la main.

Fernand répondit à ce salut et lorsque Henriette leva les yeux, son cœur ne fit qu'un tour à la vision de Ross Miles qui sortait du palais derrière eux. Elle tourna la tête vers Fernand, anxieuse.

— Pas encore lui… siffla son mari entre ses lèvres que le vent asséchait.

Monsieur Dufresne descendait avec précaution les marches conduisant sur la place D'Youville, imité par sa femme, aidée par la main charitable de Ross.

— Allons-nous-en ! le pria Henriette en tirant sur son bras.

— Y est trop tard. Ça serait impoli de ma part. Et puis on n'est pas obligés de parler à ce maudit Américain… s'encouragea-t-il.

Gaston et Arthur arrivèrent en même temps que le trio formé d'Homer Dufresne, de sa femme et du peintre.

— Monsieur Dupré ! Quelle belle surprise ! Bonjour, madame, ajouta-t-il en saluant Henriette d'un signe de la tête. Vous connaissez ma femme, Lucie ?

— Bonjour, madame Dufresne, dit Fernand.

— Et vous connaissez, bien entendu, monsieur Miles qui séjourne au Moulin des Arts…

— Oui, je le connais, répondit sèchement Fernand.

— Vous venez souvent à Québec ? interrogea encore son patron.

— C'est la première fois. C'est mon beau-frère Gaston qui nous a convaincus de venir avec lui assister au carnaval, dit-il en désignant ce dernier d'un geste de la main.

— C'est pour le voyage de noces qu'ils avaient jamais fait, ajouta celui-ci. Il était temps, pas vrai ?

— On s'est marié en 1944, pendant la guerre... On avait ni le temps ni les moyens de s'offrir un voyage de noces, se défendit Fernand.

— Permettez-moi de vous présenter un ami, Arthur Muys, comédien, qui a fait de la figuration dans le film d'Alfred Hitchcock, s'interposa Gaston.

Homer Dufresne s'intéressa aussitôt à celui que l'on venait de lui présenter. Ils parlèrent ensemble du film et de la première mondiale à laquelle l'homme d'affaires avait assisté, quelques jours auparavant.

Henriette écoutait d'une oreille distraite les propos échangés. Elle tentait de se composer une attitude neutre afin de cacher le malaise qui l'étreignait. Elle avait chaud et froid en même temps. Elle s'accrochait au bras de Fernand comme à une bouée dans une mer démontée.

Ross Miles n'était qu'à quelques pas d'elle et il lui semblait sentir son souffle sur sa joue. Elle ferma les yeux un court instant. Le souvenir de son visage près du sien la surprit et elle rouvrit les yeux.

— J'ai froid aux pieds, chuchota-t-elle à l'oreille de son mari.

— Moi aussi, murmura-t-il à son tour.

Le couple fit mine de prendre congé quand Homer Dufresne freina leur élan.

— Que diriez-vous de venir prendre un verre avec nous ? les convia-t-il. Histoire de bavarder un peu ?

— Je ne sais pas si…

— Je vous invite tous les quatre ! Allez ! Vous ne pouvez pas me refuser ça ! Et puis, ça sera notre contribution à votre cadeau de noces en retard.

— Ce n'est pas de refus, s'empressa de répondre Arthur, qui voyait en cet homme fortuné une relation possible à établir pour sa carrière.

— C'est très généreux de votre part, mais… commença Fernand.

— Laissez-moi donc vous démontrer un peu de ma gratitude pour tout ce que vous faites pour l'entreprise, ajouta Homer en fixant Fernand droit dans les yeux.

— Si vous y tenez…

— J'y tiens !

Homer replaça le col de son manteau de fourrure et sourit.

— Je vous attends dans le hall du Château Frontenac dans une heure ?

— Nous y serons sans faute, répondit Arthur.

Homer, sa femme et Ross prirent congé sans plus attendre.

— Pourquoi as-tu répondu à notre place ? s'exclama Fernand, rouge de colère.

— J'ai pensé qu'on ne pouvait pas refuser une offre pareille, se défendit Arthur.

— C'est mon patron !

— Raison de plus ! Tu le connais et tu connais aussi le beau peintre…

— As-tu fini de dire des niaiseries ? coupa Gaston.

Le frère d'Henriette foudroya du regard celui qui n'en avait que pour sa personne et qui ne songeait jamais à prendre en considération les besoins des autres.

Depuis le retour des Fêtes, Gaston sentait qu'Arthur s'ennuyait avec le simple petit commis de magasin à rayons qu'il était. Il savait son amant friand de nouvelles rencontres, de nouvelles expériences. Son côté narcissique, Gaston le tolérait. Il comprenait qu'Arthur était un artiste. Il avait besoin de se montrer, de se vendre d'une certaine manière. N'était-ce pas la nature d'un acteur de revêtir plusieurs personnalités afin de mieux trouver sa véritable identité ?

Quand ils étaient seuls, alors que l'amour les réunissait, Gaston appréciait le tempérament doux et triste de celui qui ne se dévoilait qu'à lui. Arthur savait lui prodiguer la tendresse qu'il aurait tant aimé recevoir de son père Ovila. La joie et le rire, aussi. Avec Arthur, qui était de cinq ans son cadet, Gaston sentait moins le poids des années qui filaient à vive allure. Le malheur était qu'Arthur était très ambitieux. Il voulait coûte que coûte faire une carrière d'acteur et il ferait tout pour arriver à ses fins. Avec ou sans Gaston…

— Bon, moi je rentre à l'hôtel, j'ai froid aux pieds sans bon sens, déclara Henriette en quittant les lieux au bras de Fernand, qui accorda son rythme aux pas rapides de sa femme.

— Attendez-nous ! cria Gaston, Arthur sur les talons.

Les deux couples empruntèrent la rue Saint-Jean, passèrent sous la porte du même nom, continuèrent un moment sur le trottoir enneigé au bord duquel les magasins rivalisaient de vitrines chargées de toutes sortes de babioles. Ils bifurquèrent à droite, gravirent la rue d'Auteuil, le long de laquelle s'alignaient des bâtisses de trois étages en pierre grise et ornées de lucarnes en saillie, avant de tourner à gauche rue Sainte-Anne, où Gaston avait déniché deux chambres.

La dame qui les avait accueillis à leur arrivée leur avait mentionné que le petit-déjeuner pouvait être servi aux chambres moyennant un supplément de cinq cents. Gaston n'avait pas hésité une seconde à payer le supplément. De leur côté, Fernand et Henriette ne voulaient pas ajouter à leurs dépenses, qui avaient déjà dépassé le montant initial qu'ils s'étaient fixé.

Rendue à destination, Henriette se précipita dans la chambre qui leur avait été assignée, se débarrassa de ses vêtements d'hiver avant de se rendre aux toilettes où elle soulagea sa vessie gonflée. Fernand prenait son temps, songeant avec embarras au rendez-vous fixé par son patron.

— J'aurais dû mettre mon plus beau veston, aussi… se réprimanda-t-il à mi-voix.

— Au Château Frontenac ! J'ai pas la robe qu'il faut pour aller là, moi ! explosa Henriette en entrant en trombe dans la chambre.

Elle se laissa choir sur le lit dont le sommier craqua sous son poids.

— On va avoir l'air de deux pauvres habitants, se plaignit-elle encore.

Piqué dans son orgueil, Fernand se redressa et planta ses prunelles de feu dans celles de sa femme.

— Dis pas ça ! On est ni pauvres ni habitants. J'ai pas honte de moi ni de toi. On n'a rien à envier à ce monde-là. C'est pas l'argent qui fait qu'un homme ou une femme a de la classe. C'est dans sa façon de se tenir et d'agir avec les autres. Son ouverture d'esprit. Chaque personne est différente et c'est ça qui est le plus important. On a des vêtements propres et on a fière allure tous les deux. Pis toi… t'es tellement belle…

— Arrête de me complimenter comme ça ! Ça me gêne, tu le sais… l'interrompit-elle en affichant un sourire gêné.

— Pour moi, en tout cas, t'es la plus belle, termina-t-il dans un murmure en s'assoyant à ses côtés et en l'embrassant tendrement.

Henriette répondit à ce baiser avec l'espoir que l'affection qui les unissait dure toujours.

L'horloge grand-père du corridor de l'étage sonna trois coups.

— Trois heures déjà ! On a juste le temps de se préparer et d'aller les rejoindre au château, déclara Fernand en se levant.

— C'est loin d'ici ?

— Une dizaine de minutes, à mon avis. Mais j'aime mieux arriver en avance qu'en retard. Tu me connais…

— Oui, mon mari… Je te connais très bien ! répondit Henriette, taquine.

Elle se levait quand des coups discrets frappés à la porte la firent sursauter. Gaston entra dans la chambre sans y être invité. Henriette remarqua ses joues roses d'excitation, sa mine enjouée, ses yeux brillants.

— Allez-vous être prêts bientôt ?

— Donne-nous deux minutes, répondit Fernand.

— Arthur et moi, on vous attend en bas, dit-il en refermant la porte.

Henriette se dirigea vers le miroir placé au-dessus d'une petite commode de bois clair, y vérifia sa coiffure, remit un peu de rouge à lèvres et s'aspergea d'un jet d'eau de Cologne dont la brume légère se répandit dans la petite pièce.

— Eh qu'il sent bon ce parfum-là ! commenta Fernand en inspirant profondément.

Henriette remit ses couvre-chaussures, son manteau, et posa son chapeau sur sa tête avant de s'emparer de son sac à main. Elle glissa la courroie de cuir sur son avant-bras, puis enfouit ses mains dans son manchon de fourrure.

— Bon, allons-y, qu'on en finisse ! s'exclama-t-elle en ouvrant la porte.

Le couple sortit de la chambre que Fernand verrouilla avec la clé qu'il plaça au fond de la poche de son pantalon. Ils descendirent les quelques marches qui séparaient le premier étage du rez-de-chaussée où les attendaient, impatients, les deux amants.

Chapitre 25

Le piège

Ils arrivèrent au château à l'avance et ils attendirent dans le hall.

—J'espère qu'il nous a pas oubliés, ton patron, lança Arthur, qui se hissait sur la pointe des pieds et scrutait les environs avec impatience.

— C'est pas son genre d'oublier, répondit Fernand qu'un étranger bouscula soudain.

— *Oh! Sorry!* fit ce dernier avant de continuer sa route vers le comptoir de la réception de l'hôtel.

— Il y a donc ben du monde qui parle anglais, ici, remarqua Henriette.

Le va-et-vient incessant des grooms, chargés de valises ou poussant un chariot, étourdissait Henriette, peu habituée à se retrouver dans une foule.

Comme elle aurait aimé se soustraire à ce rendez-vous et surtout ne pas avoir à se retrouver en présence de celui qui était devenu la bête noire de son mari depuis qu'il avait vu la toile dans son atelier…

Elle balaya les environs d'un regard inquiet. Elle ne vit que des femmes élégantes, vêtues de riches manteaux de fourrure et parées de bijoux étincelants. Son regard s'attarda ensuite un moment aux boiseries sombres des murs, aux tapis aux motifs harmonieux, aux portes de l'ascenseur qui s'ouvraient et se refermaient dans un rythme continu. Elle fut éblouie par le flash d'un appareil photo en face d'elle et ferma les yeux un instant. Quand elle les rouvrit, elle aperçut un homme d'une beauté peu commune.

— C'est Montgomery Clift ! s'écria Arthur. Je le reconnais !

Une foule de journalistes et de photographes entourèrent l'acteur américain, qui tentait tant bien que mal de se frayer un chemin parmi ses admiratrices.

Sur un signal d'un homme vêtu d'un uniforme aux couleurs du château, des employés vinrent se placer en rang d'oignons et se tinrent par la main, formant ainsi un rempart contre celles qui tentaient désespérément de s'approcher de leur idole.

— Monsieur Dupré ?

La voix de Ross Miles derrière lui le fit sursauter.

— Monsieur Dufresne nous attend, là-bas au fond, désigna-t-il de son bras tendu.

Ross précéda Fernand et Henriette, qui se retournèrent en même temps à la recherche de Gaston et d'Arthur. Henriette les vit, coincés dans la foule des admiratrices, trop loin d'eux pour avoir entendu la consigne de Ross Miles.

— Ils sauront pas où on va, s'inquiéta Henriette en jetant un regard vers le peintre qui avançait sans vérifier si les Dupré le suivaient.

— Je vais les chercher. Toi, essaye de rejoindre monsieur Miles et dis-lui de nous attendre, ordonna-t-il.

Henriette obéit immédiatement, se frayant avec peine un passage dans la foule compacte qui l'entraîna malgré elle dans la direction opposée. Elle faillit trébucher et dut s'appuyer sur le bras d'un homme qui se tenait tout près.

— Pardon! dit-elle en replaçant le manchon de fourrure qui avait glissé de son bras.

Avant de continuer, elle se hissa sur la pointe des pieds, à la recherche du peintre. Elle ne le vit point. Désemparée, elle pivota sur ses talons, espérant de tout cœur apercevoir Fernand, Gaston ou Arthur, mais ne les vit pas non plus.

Une larme glissa sur sa joue.

— On n'aurait pas dû venir, non plus, bredouilla-t-elle, désemparée.

Un nouveau mouvement de la foule la fit se déplacer sur sa gauche et elle comprit que, tant et aussi longtemps que le calme ne reviendrait pas dans le hall de cet hôtel, elle ne pourrait pas retrouver son chemin.

Elle chercha, en vain, un coin où elle pourrait se retirer à l'abri de la cohue toujours grandissante. Elle leva la tête vers l'escalier qui montait non loin de là et aboutissait sur une large galerie surplombant le hall.

« De là, je vais pouvoir mieux les apercevoir », se convainquit-elle en gravissant les marches de marbre.

Une fois là-haut, elle se dirigea vers les larges portes de bois sombre et hésita un moment. Devait-elle prendre à droite ou à gauche ? De son poste d'observation, Henriette fouilla des yeux la foule à la recherche de son mari et de son frère, mais ne les vit pas.

Décidément, cette fin de journée s'annonçait compliquée et ardue.

« On aurait dû refuser », se répéta-t-elle.

Derrière elle, une porte s'entrouvrit. Ross Miles en surgit.

— Madame Dupré ? Vous êtes seule ?

— J'ai perdu mon mari et mon frère... commença-t-elle.

Le peintre marcha vers la rambarde qui ceinturait la galerie, s'y pencha et scruta à son tour l'assemblée mouvante sous ses pieds.

— Vous les voyez ?

— Non, malheureusement... Mais allons rejoindre Homer et sa femme, puis je reviendrai les chercher, dit-il.

Il lui désigna la porte, l'invitant à le précéder.

Henriette obtempéra sans hésiter. Elle pénétra dans une immense salle vide.

— C'est la première salle de bal du château, expliqua Ross qui l'entraîna à sa suite à travers la pièce.

Les fenêtres larges et hautes étaient drapées de lourdes tentures rouges tamisant les rayons d'un soleil déjà timide.

— Ils sont dans un petit salon, au fond là-bas, lui expliqua encore son guide en ouvrant une autre porte, plus petite cette fois, donnant sur un corridor étroit.

Henriette marchait dans les pas de celui qu'elle avait pourtant juré de ne plus revoir. Elle sentait son parfum, laissé dans son sillage, et son cerveau se remplit d'images oubliées. Elle eut un soudain vertige qu'elle combattit en respirant profondément. Elle avait hâte d'arriver à destination, mais surtout que Fernand revienne à ses côtés.

Ross entra enfin dans une petite pièce, Henriette sur ses talons. Il referma la porte et se tint debout devant elle, jambes écartées et mains sur les hanches.

Hébétée, Henriette ne vit pas tout de suite les balais qui traînaient dans un coin, pas plus que les seaux et les linges qui servaient aux employés du château. Elle comprit trop tard que Ross Miles lui avait tendu un piège. Apeurée, elle recula de quelques pas, son manchon et la courroie de son sac à main serrés entre ses doigts crispés.

— Pourquoi m'avez-vous amenée ici ? lui demanda-t-elle d'une voix tremblotante.

— Je voulais être seul avec vous.

— Je veux m'en aller ! Tout de suite ! Laissez-moi partir…

— Pas avant que je vous dise combien je vous aime.

— Arrêtez ! Je ne veux rien entendre…

— Je vais pourtant vous le dire. Henriette… Je vous aime comme un fou. Je n'en dors plus la nuit. Vous occupez toutes mes pensées…

— Votre femme… tenta-t-elle.

— Ma femme et moi allons divorcer. Et c'est très bien ainsi.

— Mais moi je suis encore mariée, se défendit Henriette.

— Je sais…

Ross s'approcha à pas lents de la femme que la peur tétanisait.

— Je vous veux, murmura-t-il d'une voix rauque.

Henriette eut encore plus peur. Peur de la lueur qui luisait dans les prunelles de celui qu'elle avait cru aimer, un soir de défaillance. Peur de son propre corps qu'un désir violent attisait d'un coup. Peur surtout de ne pas pouvoir résister à l'assaut de celui qui pourrait décider de la violer si elle ne se rendait pas.

Henriette baissa le front, anéantie.

Qui se soucierait de venger l'honneur d'une femme qui avait volontairement suivi un homme jusque dans ce placard ? Qui jetterait l'opprobre sur un artiste connu comme lui ? Qui serait le vainqueur dans cette inégalité des sexes prônée par la Sainte Église catholique, alors que tous les prêtres s'entendaient pour clamer en chaire la faute d'Ève ? Qui prendrait le parti pour ces femmes, pécheresses de naissance, qui entraînaient les hommes dans les plaisirs de la luxure et dans le péché ?

Henriette n'en pouvait plus de cette soumission au sexe fort. Elle voulait que ça change. Pour elle, mais aussi pour Nicole, pour Bernadette, pour toutes ces filles et ces femmes à venir pour qui elle devait se battre.

Elle releva le menton en signe de défi et dévisagea celui qui s'apprêtait à attenter à sa vertu.

— Si vous approchez, je hurle, hasarda-t-elle.

— Personne ne vous entendra d'ici. Et puis nous ne sommes pas dans un film d'Hitchcock, s'amusa-t-il.

Il fit deux pas vers elle et l'emprisonna entre ses bras.

Henriette suffoqua d'abord, puis se débattit de toutes ses forces, frappant des pieds et des mains, tentant de se soustraire à son emprise.

— Lâchez-moi ! cria-t-elle. Lâch…

Les lèvres de Ross se plaquèrent sur les siennes, étouffant son cri. Son baiser était violent comme un vent de tempête, balayant tout sur son passage. Ses mains pressées dans son dos la retenaient prisonnière contre lui. Le désir le consumait et il buvait à ses lèvres comme un assoiffé dans une oasis.

— Henriette, murmura-t-il à son oreille, quand sa bouche avide se posa sur la chair tendre de son cou.

Elle ferma les yeux, prise d'un vertige qui lui faisait perdre la notion du temps et de l'espace. Elle ne ressentait plus que la peur, qui la submergeait tout entière. Une plainte s'échappa de ses lèvres et son bourreau prit ce gémissement pour une abdication.

— Je vous aime… souffla-t-il encore.

La main de Ross épousa le contour d'un sein tandis qu'il accentuait la pression au creux de ses reins. La tête d'Henriette roula un moment vers l'arrière et le peintre en profita pour tenter de déboutonner le manteau qui cachait sa poitrine.

Un bruit discret près de la porte le fit se retourner. Henriette en profita pour se soustraire à son emprise et recula vers le fond du cagibi, les yeux écarquillés par la peur. S'il fallait qu'on les trouve ici, elle serait perdue.

Ross posa un index sur ses lèvres, lui intimant de ne pas faire de bruit. Il marcha vers la porte, colla son oreille contre la cloison et attendit. Rassuré, il revint vers elle et voulut la reprendre dans ses bras, mais elle le repoussa d'un geste vif.

Elle devait le convaincre de la laisser partir. Il en allait de son honneur.

— Non, Ross… Pas ici. Pas maintenant… commença-t-elle sur un ton doucereux.

— C'est le moment ou jamais. Je dois retourner en Virginie pour le divorce, et…

— Pas ici ! l'interrompit-elle.

Elle le fixait intensément, sans ciller, sans trembler.

— Je veux bien vous accorder ce que vous souhaitez. Mais ailleurs. Sinon j'aurai l'impression que vous me prenez pour une vulgaire putain.

— Dites-moi où et quand…

— J'irai vous voir à votre atelier, susurra-t-elle.

Ross s'approcha, mais elle le repoussa encore.

— Mercredi prochain seulement.

Ross recula, penaud.

— D'accord, mercredi prochain, avant mon départ, abdiqua-t-il.

Le peintre l'embrassa passionnément une dernière fois et Henriette se prêta au jeu, afin de ne pas éveiller les soupçons de son agresseur.

Ross la précéda à l'extérieur du cagibi en prenant grand soin de vérifier s'il n'y avait personne dans les parages.

Le couple se sépara. Henriette marcha à pas rapides et sans se retourner vers la grande salle dont les portes grandes ouvertes laissaient entrer les visiteurs. Elle s'engagea dans l'escalier au bas duquel l'attendait Fernand, qui balayait le hall d'un regard inquiet. Quand il l'aperçut, il poussa un profond soupir de soulagement.

— Où étais-tu donc passée, ma foi du bon Dieu ? On t'a cherchée partout !

— Je suis allée visiter la salle de bal, mentit-elle.

— T'aurais pu au moins nous avertir ?

— J'ai bien essayé, mais je vous trouvais plus. Est-ce que ton patron nous attend toujours ?

— On l'a pas trouvé, lui non plus, soupira son mari. C'est à croire que tout le monde se perd dans ce maudit château-là !

— Henriette ! Enfin ! s'exclama Gaston en arrivant à ses côtés. T'étais où ?

— Je t'expliquerai en chemin. On s'en va d'ici. Y a trop de monde ! lança-t-elle en menant la marche vers la sortie.

En haut de l'escalier, une cigarette allumée entre les lèvres, Ross Miles les regarda quitter les lieux, une lueur d'espoir au fond des yeux.

Chapitre 26

L'ennemi

— Le communisme ! Voilà l'ennemi numéro un ! s'écria le curé Vigneault en levant un index vengeur vers le plafond.

— On croirait entendre Duplessis, le taquina Jean-Paul Hade.

— Il a tellement peur des communistes, celui-là, qu'il en fait de l'urticaire ! ironisa un nouveau membre.

— Il a raison, messieurs ! Les communistes sont un réel danger ! renchérit le prêtre. Ils s'infiltrent dans nos syndicats, dans nos groupes de travailleurs. On raconte que, bien qu'à l'Index, le *Manifeste du Parti communiste* de Karl Marx circule dans nos séminaires et nos universités.

— Ce n'est qu'un livre… commença Jean-Paul.

— Un livre qui pousse la classe ouvrière à l'action révolutionnaire, aux dépens de la paix et du bon sens, compléta le curé, dont l'emportement mettait le rouge aux joues.

— Allons, allons, messieurs ! tonna le commandeur Gendron. Restons-en à notre ordre du jour. Tout d'abord, la grève de Louiseville…

— C'est une grève perdue, dit Pierre Chenevert en dodelinant de la tête d'un air attristé. Après un an de manifestations où plusieurs grévistes ont été maltraités, à grands coups de gaz lacrymogène et de matraque avant d'être arrêtés et emprisonnés, les travailleurs ne sont guère plus avancés qu'au début de leurs revendications.

— C'est à cause de Duplessis. Il s'est mis du côté des boss américains de l'Associated Textile Company en affirmant qu'un membre du Parti communiste canadien, Tim Buck, s'était infiltré dans le syndicat et avait dirigé les actions des grévistes. Maudit menteur ! cracha Jean-Paul Hade, qui ne portait pas dans son cœur celui qui gardait les Canadiens français sous une férule autoritariste.

— Il a plus d'une manigance dans son sac, celui-là… ajouta Fernand.

— Et pas juste avec les patrons américains ! renchérit Jean-Paul, dont le ton montait au rythme de l'indignation qui l'enfiévrait. Avec le clergé aussi ! Il est de connivence avec le cardinal Paul-Émile Léger de Montréal. Ce prélat a la mainmise sur nos institutions d'éducation et de santé. Ils nous étouffent, nous, les jeunes…

— Je ne vous laisserai pas parler contre Mgr Léger ! s'insurgea le curé Vigneault, indigné à son tour.

Tel un coup de tonnerre, la voix de Jean Locas s'éleva dans la pièce :

— MESSIEURS, ÇA SUFFIT !

Les hommes se turent instantanément et baissèrent le front sur les documents qu'on leur avait distribués dès le début de la réunion.

Assis au bout de la table, Fernand et Pierre soupirèrent en même temps. Fernand regarda un calendrier accroché au mur devant lui.

« Que j'ai hâte de retourner à la maison », songea-t-il.

On était mercredi…

*

Trois jours s'étaient écoulés depuis son voyage à Québec et Fernand en était revenu plus fatigué que jamais. La nourriture grasse et salée des restaurants avait dérangé son estomac fragile. Depuis son retour, il se nourrissait presque exclusivement de bouillon de poulet et de pain grillé. Henriette demeurait taciturne et Fernand avait remarqué une certaine tristesse dans son regard, comme si ce voyage avait fait ressortir les aléas de sa vie monotone de femme au foyer.

« C'est une femme tellement curieuse... », songea-t-il.

Ils avaient peu parlé à leur retour du Château Frontenac. Le soir venu cependant, dans la chambre de l'auberge, Henriette s'était blottie contre sa poitrine, comme une enfant apeurée. Fernand l'avait entouré de ses bras protecteurs et le couple s'était endormi pour ne se réveiller que tard le lendemain matin. Ils avaient rejoint Gaston et Arthur, et les amis avaient repris le train qui les avait menés directement à la gare de Saint-Hyacinthe, où Pierre Chenevert les attendait.

⁕

Les paroles du commandeur Locas lui parvenaient en sourdine et il dut se faire violence pour retrouver sa concentration.

— Comme vous le savez peut-être, des rumeurs circulent à propos d'un trafic d'enfants. Nous allons donc commencer par les règles qui régissent l'adoption par les étrangers de nos petits Canadiens français. Monsieur le curé, ici présent, a appris de sources sûres qu'il se passait des choses immorales à ce sujet et je lui laisse la parole.

Le prêtre se racla la gorge et appuya ses coudes sur la table en joignant les mains devant lui.

— Il y a, à Montréal, une maison où des filles-mères vont donner naissance à leurs enfants. Les bébés sont adoptés le jour même par des Juifs de New York.

La nouvelle eut sur l'assemblée l'effet d'une onde de choc.

— Des Juifs ? répéta Jean-Paul en écarquillant les yeux.

— Savent-ils qu'ils adoptent des enfants catholiques ? demanda Pierre.

— Justement. Dès leur naissance, un rabbin est réquisitionné sur place et signe des certificats authentifiant que ces enfants sont nés de femmes juives.

— Qui organise toute cette mise en scène ? demanda Pierre.

— Un avocat, de mèche avec ce rabbin, bien entendu, répondit le curé.

— Encore une histoire d'argent ! lâcha Jean Locas.

— Ça doit rapporter gros, j'imagine ? questionna Jean-Paul.

— Un bébé peut se vendre entre 3 000 et 10 000 dollars, répondit le prêtre.

— Sait-on qui est à l'origine de ce trafic ? demanda Fernand.

— On parle d'un certain Herman Buller. Un avocat de Montréal, répondit encore le prêtre.

— C'est complètement illégal de faire ça ! s'insurgea Fernand.

— Pas complètement. Les Juifs ont le droit d'adopter des enfants au Canada. C'est l'action de falsifier les certificats qui est illégale.

— Que pouvons-nous faire ? interrogea Pierre.

Ce fut au tour de Jean Locas de prendre la parole.

— Lors de la dernière réunion de la chancellerie, il a été question des meilleurs moyens à prendre pour stopper cette contrebande d'enfants. Il a été proposé de confier ce dossier à l'une de nos recrues, Jean Drapeau, qui, comme vous le savez, se présentera comme maire de Montréal aux prochaines élections. Il y aurait un homme dans sa mire, un détective enquêteur, Pacifique Plante, en qui Jean Drapeau place toute sa confiance. Il lui confierait l'enquête aussitôt qu'il serait élu.

— Ça peut prendre combien de temps avant que quelqu'un agisse ? demanda Fernand.

— Quelques mois, tout au plus.

— En attendant, il faudrait aussi aller vérifier dans les hospices. Y paraît que c'est pas joli, joli, là-dedans, ajouta Pierre, qui se souvenait de ses visites à Saint-Jean-de-Dieu, alors qu'il allait voir la regrettée Marguerite.

— Nous avons désigné un groupe de travailleurs sociaux, triés parmi nos meilleurs membres, pour aller vérifier ce qui s'y passe. Il faut que nos enfants puissent recevoir les soins et l'éducation appropriés.

Tous les hommes de l'assemblée acquiescèrent.

Les points à l'ordre du jour défilèrent ensuite et les membres de l'ordre ne virent pas le temps passer. Quand ils sortirent de leur repaire secret, Fernand interpella le curé Vigneault.

— Est-ce que je peux vous parler un moment ?

— Bien sûr.

— Je… J'ai… J'ai décidé de quitter l'ordre, déclara Fernand en détournant les yeux.

— Quitter l'ordre ? répéta le prêtre, abasourdi. Je vous croyais pourtant un grand défenseur des projets que nous avons élaborés et de…

— Ma décision est prise, coupa Fernand en relevant la tête et en fixant son regard franc dans les yeux du prêtre.

— C'est votre femme ?

— Henriette a rien à voir là-dedans. C'est moi. Je suis fatigué. Je dors mal. Je digère mal. Chaque matin, chaque soir, le mal de tête me lâche pas. Ça me prend tout mon petit change pour faire mes journées à la manufacture. J'ai même pas la patience de jouer avec mes enfants.

Ce dernier constat lui fit mal.

Hier encore, il avait disputé Nicole qu'il trouvait trop bruyante à son goût. Henriette lui avait lancé un regard noir avant d'emmener les trois enfants au sous-sol pour jouer au ballon, le temps que leur père retrouve son calme.

— Il faudrait demander l'opinion de commandeur Locas.

— Je veux pas lui parler. Vous lui direz, vous. Après tout, c'est vous qui m'avez entraîné dans la Patente.

Le curé Vigneault soupira.

— Vous étiez l'un de nos meilleurs membres.

— J'ai fait ce que je pouvais. Maintenant, j'ai plus de temps à consacrer aux autres. Je dois penser à ma santé et à ma famille. Et puis, il y en aura d'autres, meilleurs que moi, pour faire avancer les causes.

— Comme vous voudrez.

La porte de la maison s'ouvrit et Pierre s'encadra sur le seuil. Le froid coula sur le plancher comme une couleuvre malsaine.

— Il commence à neiger. Faut y aller, dit-il.

Fernand prit congé du curé qui affichait un air contrarié. Il referma la porte derrière lui, s'engouffra dans la voiture de son ami et quitta les lieux sans aucun regret. Il avait fait sa part et laissait à ceux qui viendraient après lui l'immense travail qu'il leur restait à accomplir.

*

Chez les Dupré, la sonnerie du téléphone retentit. Henriette s'empressa de répondre.

— Allô ?

Au bout du fil, un souffle rauque se fit entendre.

— Allô ? reprit-elle. Qui est…

— Je vous attends…

La voix de Ross Miles la fit frissonner jusqu'à la moelle.

— Vous m'aviez promis, continua-t-il.

— Je vous ai rien promis, se défendit-elle.

— Je pourrais aller chez vous, la menaça-t-il.

— Surtout pas ! Mon mari est là.

— Vous mentez. Je l'ai vu partir…

Cette fois, Henriette ne savait plus comment se sortir de cette impasse.

— J'attends mon beau-frère Adrien.

— De quoi avez-vous si peur, Henriette ?

— Je veux rien savoir de vous ! Je vous aime pas ! Retournez aux États ! Je veux plus jamais vous revoir ! Laissez-moi tranquille !

Comme si le combiné lui brûlait les mains, Henriette raccrocha. Elle avait peur, encore une fois.

Elle avait cru que Ross Miles, voyant qu'elle ne s'était pas présentée au rendez-vous, aurait compris qu'elle l'avait berné. Elle espérait que son orgueil de mâle en aurait été blessé au point de ne plus vouloir la revoir. Mais non !

Elle fit les cent pas dans la cuisine. Elle porta la main à son front moite, puis à ses lèvres tremblantes.

— Si Fernand était ici, aussi ! maugréa-t-elle, maudissant intérieurement cette association des Missionnaires qui l'éloignait régulièrement de la maison.

Elle marcha vers le téléphone, composa le numéro d'Adrien et attendit. Les sonneries se succédèrent en vain. Désemparée, elle raccrocha, cherchant dans son cerveau tourmenté qui pourrait bien venir lui porter assistance, si jamais Miles mettait sa menace à exécution.

Elle songea avec dépit qu'elle ne connaissait pas grand monde, à part ses deux voisines qui se feraient un plaisir de colporter les mésaventures d'Henriette Dupré.

— Maudites commères, ragea-t-elle.

Elle marcha vers la fenêtre donnant sur la rue, inquiète de voir apparaître la voiture bleue. Un mouvement sur sa droite attira son attention.

Dans le paysage blanc, une ombre avançait à pas lents. Un grand paletot noir la couvrait jusqu'aux chevilles. Un chapeau de feutre bien enfoncé sur sa chevelure de jais, l'inconnu releva la tête et l'aperçut à la fenêtre.

C'était Ernest.

Après une brève hésitation, Henriette se précipita à la porte de la maison qu'elle ouvrit d'un seul élan et cria :

— ERNEST ! PEUX-TU VENIR S'IL TE PLAÎT ?

L'interpellé la fixa, surpris et hésitant.

Au même moment, la voiture bleue de Ross Miles tournait lentement le coin de la rue.

— VIENS VITE ! S'IL TE PLAÎT ! C'EST URGENT !

Pressentant un danger, Ernest obéit et courut jusqu'à la maison de son frère.

— Qu'est-ce qu'y a ?

— Il faut que tu m'aides, supplia-t-elle en se mettant à pleurer.

Elle lui raconta son désarroi. La peur et les tourments que lui infligeait le peintre. Le harcèlement dont elle était victime et l'agression qu'elle avait subie quelques jours plus tôt au Château Frontenac.

— Tu l'as pas dit à Fernand ? demanda son beau-frère.

— Non. C'était pas le moment. Et puis je pensais pas qu'il viendrait me harceler jusqu'ici...

Alors qu'elle prononçait ces paroles, le peintre sortait de sa voiture garée non loin et marchait en direction du perron de la maison.

— C'est lui ! Aide-moi, Ernest ! S'il te plaît... le supplia encore Henriette, secouée par des sanglots désespérés.

Le fils aîné des Dupré fixa durement la femme éplorée. Pourquoi viendrait-il en aide à cette belle-sœur qui le haïssait tant ? Pourquoi ne pas les laisser se débattre avec leurs problèmes ? Ses frères et sœurs ne l'avaient-ils pas rayé de leurs vies ?

Ross avait déjà gravi les quatre marches qui le séparaient de la porte sur laquelle il frappa trois coups secs.

Tétanisée, Henriette implora du regard la seule personne qui pouvait lui porter secours.

— Fais-le entrer, dit enfin Ernest.

Henriette refusa d'un « non ! » catégorique.

— Fais ce que je te dis et aie pas peur, la rassura-t-elle en allant se cacher dans la pièce d'à côté.

Effrayée, Henriette respira profondément, sécha ses larmes du revers de la main, avança d'un pas incertain vers la porte qu'elle ouvrit.

Ross Miles se rua aussitôt sur elle.

Surprise par cet assaut, elle faillit tomber à la renverse et dut se cramponner à son agresseur qui en profita pour la pousser contre le mur du corridor, faisant trembler les cadres qui y étaient accrochés. Il palpait son corps avec des gestes brutaux.

— Arrêtez ! cria encore Henriette, qui se demandait bien pourquoi Ernest n'intervenait pas.

— LÂCHE-LA !

La voix de stentor résonna dans la maison, réveillant les enfants. Leurs pleurs se mêlèrent au cri de surprise d'Henriette quand Ernest asséna un coup de poing à la figure du peintre qui, sous l'impact, tomba par terre.

— Sors d'icitte, mon torrieux, pis reviens plus jamais !

Il l'attrapa par le collet de son paletot, le remit sur pieds, ouvrit la porte de la maison et le poussa rudement dehors. Ross Miles atterrit au bas du perron, la joue enflée et le coin de la lèvre supérieure marqué d'un filet de sang.

Au même moment, l'automobile de Pierre Chenevert s'approchait de la maison des Dupré.

Chapitre 27

Le pardon

— Une chance que tu passais par là, Ernest. Je sais pas comment je pourrai assez te remercier de m'avoir aidée, murmura Henriette.

Ernest ne répondit pas, gardant les yeux fixés sur ses mains entourant une tasse de porcelaine blanche qui contenait un thé chaud et réconfortant.

— C'est moi qui aurais dû être à sa place, ragea Fernand, qui se tenait appuyé contre le comptoir, les bras croisés sur sa poitrine.

*

Quand, assis dans la voiture du cordonnier, il avait vu son frère détesté évincer le peintre de sa propre maison, il était demeuré médusé. Que faisaient ces deux-là chez lui à pareille heure ? Ce n'est qu'après avoir jeté un coup d'œil vers Henriette en pleurs qu'il avait compris.

Avant même que la voiture s'immobilise, Fernand en était sorti comme un diable de l'eau bénite. Il avait franchi en quelques enjambées la distance le séparant du peintre, qui se relevait avec peine en portant la main à sa joue meurtrie. Fernand avait regardé Ernest qui se tenait, jambes écartées et poings sur les hanches, sur le perron de la demeure. Il avait vu Henriette ensuite, qui restait en retrait, les joues brillantes de larmes, Maurice et Nicole accrochés à sa jupe, pleurant à chaudes larmes.

Fernand s'était retourné vers Ross Miles, qui avait pris la poudre d'escampette sans demander son reste. Il l'avait vu s'engouffrer dans sa luxueuse voiture et refermer la portière d'un geste si brusque que le claquement sec avait résonné dans la nuit hivernale. Miles avait mis le moteur en marche et poussé la pédale d'accélération au fond.

— Qu'est-ce qui se passe ici ? avait enfin articulé Fernand en se tournant vers Ernest et Henriette.

— Entre ! On va se parler, lui avait intimé son frère aîné en le précédant dans la maison.

Sorti de sa voiture, dont le moteur tournait toujours, Pierre Chenevert avait demandé :

— Ça va, Fernand ?

— Ça va aller. Merci, Pierre. Bonne nuit.

Chenevert avait repris sa place derrière le volant et quitté les abords de la demeure où le calme était enfin revenu.

*

— Si t'avais pas toutes ces réunions… commença Henriette, sur un ton de reproches, avant de se moucher bruyamment.

— Y en aura plus. J'ai donné ma démission ce soir. Et puis je vais démissionner aussi de la commission scolaire. Je vais garder juste le comité de crédit de la Caisse populaire.

Rassurant, Fernand s'approcha de sa femme et posa ses deux mains sur ses épaules.

— Merci encore, Ernest, dit-il à son frère qui s'assoyait à sa table pour la première fois depuis la construction de sa maison.

— N'importe qui aurait fait la même chose.

— Veux-tu ben me dire qu'est-ce qui t'a amené à passer devant chez nous ? demanda Fernand.

Ernest soupira, hésitant à raconter sa triste histoire. En homme fier, il lui était difficile de parler de son problème d'alcool, qu'il combattait vaillamment depuis quelques mois.

— Je marche souvent le soir, dans le village, quand tout le monde est couché, commença-t-il. Ça m'aide à pas penser à… la bouteille.

Il fit une pause et soupira encore.

Fernand reconnut dans l'aveu de son frère le mal qui avait rongé son ami Philippe jusqu'à lui enlever le goût de vivre.

— Ça fait combien de temps que t'as pas bu ? lui demanda-t-il doucement en prenant place en face de lui.

— Deux mois et demi… Pis je trouve ça dur en maudit ! avoua Ernest.

Il prit une gorgée du thé qui refroidissait pour se donner contenance avant de continuer :

— Ç'a commencé pendant mon exil, quand je suis allé travailler aux chantiers. Y avait tellement rien à faire dans le bois… J'étais pas le seul à taquiner la bouteille. Les gars faisaient juste ça… Ça, fumer, pis jouer aux cartes. Moi j'aime pas la fumée ni les cartes, ça fait que je buvais comme un trou jusqu'à ce que je m'endorme. Y avait que le travail et la bouteille pour passer le temps. Pour oublier tout ce qui nous manquait, surtout, termina-t-il.

La réminiscence de ces souvenirs le brûla comme un fer rouge et il porta deux doigts à son front.

— C'est là que t'as appris à te battre, aussi ? voulut savoir son frère.

— T'aurais dû voir les armoires à glace que les *foremen* engageaient pour surveiller les gars et les faire tenir tranquilles…

Ernest éclata de rire.

— Y en a un qui a payé pour les autres, se remémora-t-il.

Henriette leva vers lui un regard horrifié.

— Il l'avait ben mérité, le grand sacrament ! Tout comme le gars qui est venu icitte à soir pour te bardasser. Il fallait ben défendre les plus faibles, se plaida-t-il.

Henriette fit signe qu'elle comprenait.

— Tu passes souvent dans le coin ? demanda encore Fernand.

— Tous les soirs…

— T'as jamais pensé t'arrêter pour venir nous saluer ?

— Tu m'aurais jamais laissé entrer chez vous.

— C'est pas si sûr…

Les deux frères se toisèrent un moment en silence.

— Je pense que le père aurait aimé te voir avant de mourir, déclara Fernand.

— Moi aussi, avoua Ernest. Mais après ce qui s'était passé à la ferme, il devait m'haïr sans bon sens. Pis toi aussi, après ce que je t'ai fait…

— C'est du passé, ça. On est rendus ailleurs, maintenant. On a nos familles, nos maisons…

— Pas pour longtemps. La banque va saisir la mienne, l'interrompit Ernest d'un air si affligé qu'Henriette en fut bouleversée.

— Comment ça ? demanda-t-elle.

— J'ai des paiements en retard. Des dettes aussi, avoua Ernest dont les épaules se voûtèrent soudain. Maudite boisson !

Fernand assistait, muet, à la souffrance de ce frère orgueilleux qui n'avait jamais osé montrer à quiconque sa faiblesse.

Cette pensée le ramena à Philippe, dont il n'avait pas su déceler la misère. Il avait, lui aussi, le démon de l'alcool dans les veines. Du jeu aussi. Tout cela l'avait mené au suicide et Fernand comprit qu'il se devait de réparer l'erreur qu'il avait commise en ne voyant pas le désespoir de son ami.

— De combien as-tu besoin ?

— Je suis pas venu pour quêter la charité, répondit Ernest en se redressant fièrement sur sa chaise.

— Combien ? insista Fernand.

— Trois cent cinquante piastres…

Fernand se leva, se dirigea vers la pièce du fond où se trouvait son bureau. Il alluma le plafonnier qui répandit aussitôt sa lumière jaunâtre sur les meubles. Il ouvrit le tiroir de droite, en retira un carnet de chèques, s'empara du stylo Parker que Gaston lui avait offert en cadeau au dernier Noël et remplit un chèque de son écriture nerveuse. Quand il eut terminé, il éteignit la lumière, sortit de la pièce et arriva dans la cuisine au moment où Ernest posait la main sur la poignée de la porte.

— Tu t'en vas ? demanda-t-il, surpris.

— Ma femme m'attend.

— Tiens, prends ça, dit Fernand en lui tendant le chèque.

Ernest hésita avant de s'en emparer. Il le plaça devant son visage et lut les chiffres

— Sept cents piastres ! s'exclama-t-il, stupéfait.

— C'est le montant que t'aurais reçu en héritage de notre père. Comme tous les autres membres de la famille.

— T'es pas obligé de faire ça. Je sais ben que le père m'a déshérité.

— Papa t'aimait, Ernest. Et s'il était là, ce soir, à ma place, il ferait la même chose que moi.

Les deux frères se dévisagèrent longuement.

— T'as sauvé l'honneur de ma femme. Pis ça, je l'oublierai jamais.

Dans un élan fraternel, Fernand ouvrit grand les bras. Ernest s'y blottit sans hésitation, le nez au creux du cou de celui qui lui offrait son pardon et son amitié.

— Merci, mon frère… murmura Ernest tout contre son oreille.

Henriette assistait, les larmes aux yeux, au spectacle de réconciliation de ceux qui s'étaient pourtant jurés de ne plus jamais s'adresser la parole. Elle remercia Kildare pour cette paix revenue et aussi le Ciel d'avoir mené les pas de son beau-frère vers leur maison.

Chapitre 28

Maîtres chez nous…

— Que les âmes des fidèles défunts reposent en paix…

— Par la miséricorde de Dieu. Ainsi soit-il...

Dans le cimetière, les amis et parents portaient en terre Rosario Dupré qui, après avoir survécu au terrible accident qui l'avait confiné dans sa chair brûlée et dans son âme meurtrie, avait poussé son dernier souffle le 2 avril 1953, jour du Vendredi saint.

Vu le congé pascal, la famille avait dû attendre une semaine avant de pouvoir procéder à l'inhumation du défunt.

Fernand, comme toujours, avait eu la tâche de s'occuper des obsèques, en plus de recevoir le mandat de gérer les biens de son frère défunt.

— Il aurait pu nommer Adrien, avait critiqué Henriette qui trouvait que, dans sa belle-famille, les responsabilités familiales auraient pu être mieux partagées.

— Adrien a pas le temps, l'avait excusé Fernand.

Henriette avait haussé les épaules, sachant bien que Fernand ne se plaignait jamais des tâches à effectuer quand il était question de venir en aide à sa famille.

La fête de Pâques s'était déroulée dans une certaine allégresse grâce à Estelle et sa famille, venues leur rendre visite mais aussi adopter le petit Luc, qui s'était bien avéré être l'enfant d'Estelle. Joe n'avait pas hésité une seconde et avait acquiescé à la demande de sa femme chérie. Il lui avait même promis de tout mettre en œuvre pour qu'une chirurgie esthétique rende à l'enfant une bouche plus normale.

Mis au courant de l'histoire de sa belle-sœur, Fernand avait compris que sa femme, en gardant ce secret, avait prouvé sa loyauté et qu'elle n'avait, comme lui, qu'une parole.

— Enfin, une histoire qui finit bien ! s'était exclamé Gaston, dont les amours avec Arthur s'étaient soldées par un échec.

L'employé de Dupuis Frères avait troqué son uniforme de commis pour celui de préposé à l'entretien à l'hôpital Santa Cabrini. Il s'était acheté un duplex, rue Châtelain, à deux pas de son travail. Il y vivait seul la majeure partie du temps, sauf de rares fois quand il acceptait d'héberger, le temps d'une folie, un homme qui l'attirait.

Adrien, Ernest et Fernand se visitaient plus souvent, prétextant qu'ils avaient beaucoup de temps perdu à rattraper. Ces rencontres, qui se passaient la plupart du temps chez Adrien, laissaient encore les femmes à la maison à garder les enfants. Au moins, l'harmonie était revenue au sein de cette famille que la colère et la rancune avaient trop longtemps divisée.

Ernest et sa femme avaient décidé d'employer des contraceptifs, malgré l'interdiction du clergé de se procurer des «capotes anglaises», qui se vendaient pourtant de plus en plus en cachette dans les arrière-boutiques des pharmacies.

Fernand et Henriette n'y avaient pas eu recours et c'est avec une joie mitigée que Fernand reçut la nouvelle d'une naissance pour l'année 1954.

—Avoir su, on aurait fait attention, se lamenta Henriette qui voyait une partie de sa liberté s'envoler avec l'arrivée de ce nouvel enfant.

—C'est seulement notre quatrième enfant. Y en a qui sont pires que nous autres... Pense juste à la famille Bérard qui en a dix! rappela Fernand, qui s'amusa de la mimique rigolote de sa femme.

—On se plaint toujours le ventre plein, remarqua-t-elle.

—C'est le cas de le dire! la taquina-t-il en posant la paume de sa main sur le bedon déjà gonflé.

Henriette rit de bon cœur et lova ses bras autour du cou de celui qui, par la faute de la guerre, était devenu, contre toute attente, son seul et véritable amour.

— On a eu des belles Pâques ! soupira-t-elle en fermant les yeux.

— On pouvait pas demander mieux, confirma son mari.

Les mœurs évoluaient et la grogne envers Maurice Duplessis s'amplifiait. Depuis 1949, les manifestations et les grèves se succédaient à un rythme effréné. Les femmes revendiquaient aussi des droits que les institutions confessionnelles leur refusaient obstinément. La génération montante – les intellectuels, surtout – bravait les autorités gouvernementales et cléricales, allant même jusqu'à déserter les églises.

Le monde changeait…

Un soir, Fernand avait décidé de dévoiler à Henriette l'existence de l'Ordre de Jacques-Cartier, ses buts et ses attentes surtout. Elle l'avait écouté religieusement, contente d'avoir enfin réponse aux soupçons qui l'avaient affligée.

— Tu aurais pu m'en parler, lui avait-elle reproché gentiment.

— Oui… j'aurais dû, admit-il.

— Tout ce que tu me racontes, on peut le faire chez soi. Une journée à la fois. Une petite action après l'autre, comme un oiseau bâtit son nid une brindille à la fois.

— Ça va prendre une éternité...

— Pas si on cible les bonnes affaires. D'abord, il faut acheter les produits de nos gens, dans nos villages. Pis pas acheter des objets dont on n'a pas besoin. Pas se laisser prendre par les publicités dans les journaux. Regarde, nous par exemple, on jette rien avant d'avoir pris tout ce qu'il y avait à prendre d'un morceau de tissu, d'une carcasse de poulet. Tu répares les semelles des souliers des enfants, moi les vêtements. On achète juste le nécessaire et c'est parfait comme ça !

Il admira la sagesse d'Henriette et comprit que, sans elle, il ne serait pas le même homme.

— J'aimerais tellement que tout le monde pense comme toi...

— Y a plein de monde qui ont une tête sur les épaules. Faut juste avoir confiance en nous.

— Tu vas voir... Un jour, tous ensemble, on sera enfin maîtres chez nous, promit-il

Table des chapitres

Suivez-nous

Achevé d'imprimer en avril 2023
sur les presses de Marquis Imprimeur
Montmagny, Québec